稲荷書店きつね堂

【番外編】アヤカシと賢者の宴

蒼月海里

ハルキ文庫

角川春樹事務所

本書はハルキ文庫の書き下ろし作品です。

INARISHOTEN KITSUNEDO
KAIRI AOTSUKI

目次

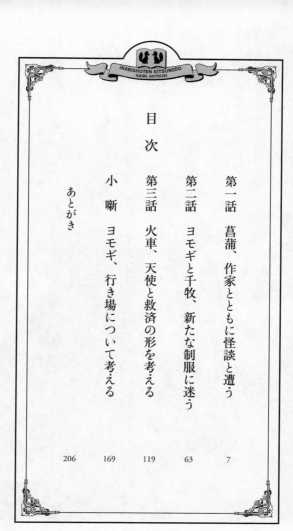

アスモデウス
犬養千牧
テラ
風音
名取 司
火車

人物紹介

イラスト／六七質

第一話　菖蒲、作家とともに怪談と遭う

東京の下町である神田《かんだ》は、いつもと変わらぬ風景だった。

神田はオフィスが多く、あちらこちらに建ったビルの中では、多くの勤め人が日々、仕事に勤《いそ》しんでいた。

日が沈み、それぞれの会社の終業時間になると、彼らはビルの中から一気に吐き出される。自宅に帰る者もいれば、飲み屋へと向かう者もいた。

今日も西の空に太陽が沈んで、人々がぞろぞろと各々の向かうべき場所へと歩いていく。

そんな街の一角にあるコワーキングスペースにて、ノートパソコンに向かってリモート会議をしている若い男性がいた。

「――こちらの動きは以上です。幸い、裏でこそこそと会社を作っていることがバレている気配もないですしね。ここまでは順調かと」

化《ば》け狸《だぬき》の菖蒲《しょうぶ》であった。

彼らは、首都圏に住む狸達で寄り集まって、人間社会に溶け込みながら仕事をしてきたのだが、四国から来た隠神刑部《いぬがみぎょうぶ》の使いが強引にトップに収まり、人間達に反旗を翻させようとしていた。

だが、人間との共生を望む菖蒲達は、その考えが気に食わなかった。

菖蒲が、現代では生き辛《づら》くなっているアヤカシに手を差し伸べるべく彼らの知名度を上げるような本を出版したいと仲間に申し出ると、彼らは心から賛成してくれた。

それからというもの、菖蒲達はウェブ上でこっそりと新しい会社作りに勤しみ、隠神刑部の支配から抜けようとしていたのだ。

ウェブであれば、新しい技術が苦手な隠神刑部の使いに勘付かれにくい。更に、リモート会議ならば、妖力《ようりょく》が強い菖蒲達が集まる必要がないので、たむろしていることにも気付かれないだろう。

下準備は着実に進んでいる。独立するのも、時間の問題だ。

『独立の際の目くらましは、こちらに考えがある。だから、菖蒲は出版社づくりに専念して欲しい』

露草《つゆくさ》というリーダー格の狸が、若い人間の姿でキリリと言った。

「それは頼もしい。手探りですが、ようやく形が見えてきました。ただ、いきなり紙の本を出版するのではなく、まずは話題作りと資金稼ぎをしたいところです」

『えー、本を作らないのか⁉』

声をあげたのは、ふくよかな狸の下野《しもつけ》であった。彼は人目がないところで仕事をしているらしく、真ん丸な狸の姿でリモート会議に参加している。

「いきなり本を作ったところで、手に取って貰《もら》えなかったら意味がないじゃないですか。書店のスペースなんて限りがありますし、売れなければ別の新刊に場所を奪われるだけです」

『うーん、世知辛《せちがら》いなぁ』

下野はしょんぼりうつむいた。

「本に限らず、どこの世界もそんなもんですよ。紙の本を作るのにはコストがかかりますし、流通させるのも容易ではありません。やるのは、ある程度の知名度が得られて、売り上げが見込めるようになってからですね」

『知名度があれば、本屋に本が陳列されて手に取って貰える確率が高いしな』

菖蒲の提案に、露草も同意した。他の狸達も、合点がいったように頷《うなず》いている。

「それこそ、著名な作家の手を借りるというのも一つの手ですがね。ただ、そういう方の手を借りるのもなかなか難しいですし」

それは最終手段、と菖蒲は言った。

『となると、やっぱりウェブか？』

露草が問う。

「そうですね。まずはウェブコンテンツを立ち上げて、感触を確かめてみましょう。幸い、ウェブならばそこまでコストがかからないし、プログラマーも見つけてまして」

菖蒲の打つ手の早さに、ノートパソコンの向こうから歓声があがる。しかし、「ですが」と菖蒲が付け足した。

「方向性を決めかねているんですよね。消えそうなアヤカシの支援も兼ねているので、怪談やオカルト関係で攻めようと思っているんですが、先人達と差別化を図りたくて」

怪談と何か、と菖蒲は指を二本立てる。

意外性がある二つを組み合わせることによって、コンテンツはより強力になると踏んでいるのだ。

露草を始めとする狸達は、画面の向こうで腕を組んで唸《うな》る。

誰《だれ》もが頭からアイディアをひねり出そうとしているその時、下野が俊敏に挙手アイコンを出した。

「下野、なにかアイディアが――」

『グルメ！』

あるんですか、と菖蒲が尋ねるよりも早く、下野は目を爛々《らんらん》と輝かせて叫んだ。

「怪談と……グルメ？」

『それが駄目ならカレー！』

「いや、同じですし。それに、ピンポイント過ぎますから。ジャンルが狭過ぎると、すぐに手詰まりになりますよ」

『カレーは広くて奥が深いから、大丈夫！』

下野は自信満々だった。他の狸達は、『うーん』と眉間《みけん》を揉《も》んでいた。

「怪談を聞いて食欲って湧《わ》きますかね。その二つは相反するもののような気もしますが」

水と油のように交わらないものもある。怪談の中にはグロテスクなものもあり、食事向きとは言えない。

『燈無蕎麦《あかりなしそば》とか』

「蕎麦屋は出てきますが、そもそも店主が現れないので食事が出来ないという話なのでは……」

『置行堀《おいてけぼり》とか』

「魚を釣って帰ろうとすると、怪異に追剝《おいはぎ》がいのことをされる話ですよね。なぜ、食欲が湧くんです……？」

『人間が置いて行った魚を食べ放題じゃないか！』

下野は、思いっきり画面に詰め寄る。完全に、怪異側の感想であった。

「そう言えば、あの怪異の正体は河童《かっぱ》か同胞だという説がありましたね……。でも、閲覧者は主に人間になるので、怪異側の立場は理解されませんよ……」

『そうか……』

下野は、すっかりしぼんでしまった。だが、「面白そうな話、あったのになぁ」と未練がましく呟《つぶや》いていた。

他の狸も頭を悩ませながら、口々にアイディアを出す。

『怪談と相性がいいもの……。廃墟《はいきょ》とか？』

「それは親和性が高過ぎますね。怪談のカテゴリーの中に廃墟が入るか、その逆くらいの位置づけです」

『じゃあ、美女』

「割と男性向けになってしまうのでは……。ターゲットをそこまで絞るのはちょっと……」

『それじゃあ、イケメン』と別の狸が言う。

「そうすると女性向けになってしまいそうですね……。むしろ、美男美女を組み合わせるべきなんでしょうか……」

『モフモフの動物とか。それなら、我々自身を使えてコストが少なくなるのでは？』

「狸は廃墟以上に怪談につきものですし、愛玩性《あいがんせい》を強調すると緊張感が削《そ》がれませんか……？」

『健康関係は売れるはず。体幹トレーニングとか、すぐ痩《や》せるエクササイズとか』

「怪談というジャンルが健康的ではないので、お互いの良さを打ち消してしまいそうですね……」

『それじゃあ、政治とか……』

「狸が扱うにはセンシティブなジャンルですよ」

その後、他の狸からもアイディアが出たものの、菖蒲の心にはあまり響かなかった。怪談と相性がいいものは、意外と少ないらしい。

「うーん。グルメ……か」

菖蒲は眉間を揉みながら、下野の案を密《ひそ》かにメモしたのであった。


一方、神田の一角にある稲荷書店《いなりしょてん》きつね堂《どう》では、ヨモギが会社帰りに立ち寄る人々の接客をしていた。

新刊を何冊か買っていく人もいれば、取り寄せた本を取りに来た人もいる。ヨモギは、そんな彼らのスタンプカードに、ぽんぽんとハンコを押していた。

「ありがとうございましたー!」

ヨモギと千牧《ちまき》はともに頭を下げながら、お客さんを見送る。スタンプカードを始めたお陰で、何度も来てくれるお客さんが少し増えた。

「いやー、スタンプカードは成功だな。スタンプがつく金額まで買ってくれるお客さんも増えたし」

千牧は満足げに笑う。ヨモギもまた、「そうだね」と安堵《あんど》の笑みを浮かべた。

あと一つでスタンプカードがいっぱいになるという人が、「せっかくだから、気になった本を追加しよう」と買ってくれることもあり、そのお陰で、売上が少し増えたのだ。

「それにしても、ヨモギは器用だなぁ」

「えっ、どうして？」

「スタンプを枠に収められるじゃないか」

「千牧君、はみ出しちゃうもんね……」

ヨモギの押したスタンプは綺麗《きれい》なもので、はみ出しのみならず、ムラや欠けもほとんどない。だが、千牧ははみ出してしまうし、ぎゅっと押してしまうので絵柄が滲《にじ》むことも多かった。

「お客さんは笑って済ませてくれるけど、あそこまで上手《うま》く行かないと自信を無くすぜ」

千牧は肩を落とす。犬の姿だったら、耳を伏せていたところだろう。

ほとんどのお客さんには、「どっちの店員さんが押してくれたか分かっていいね」と好評なくらいなのだが。

「千牧君は、肩に力が入り過ぎているんじゃないかな。今度は、もう少し軽く押してみたら？」

「そう心がけようとしてるけど、いざ、スタンプカードを目の前にすると、ぎゅって押しちゃうんだよな」

『それなら、押印千本ノックをするしかないね』

パソコンの中から、テラがさらりと言った。

「千本ノック⁉」

千牧は目を剝《む》く。

「はは……、千本はやり過ぎだよね」とヨモギは苦笑した。

「いや、燃えてきたぜ……！　こうなったら、押印千本ノックで上手くなってやる！」

「やる気になってる⁉」

闘志を燃やす千牧を前に、今度はヨモギが目を剝く番だった。

「そ、そんなに頑張らなくても、スタンプを押すのは僕がやるから……」

「何を言ってるんだ！　ヨモギばっかりにスタンプを押させるわけにはいかないだろ⁉　ヨモギが休憩でいない時にも、俺《おれ》は立派にスタンプを押せるようになってみせるぜ！」

気合が入った千牧は、「アオーン」と吠《ほ》える。

「遠吠えはやめて！　ご近所さんがビックリしちゃう！」

ヨモギは慌てて、千牧の口を塞《ふさ》ごうとする。だが、入り口の方から、「ひえっ」という短い悲鳴が聞こえた。

「言ってるそばから……！　申し訳ございません。彼は犬が好き過ぎて犬の真似《まね》をするだけで……って、あれ？」

悲鳴をあげた客には、見覚えがあった。

「司《つかさ》さん？」

魔法使いの紳士である亜門《あもん》の、友人たる青年である。司は少し頼りなげな笑みを浮かべ、

「どうも、お久しぶり」と挨拶《あいさつ》をした。

一方、千牧はキョトンとして司とヨモギを交互に見比べ、司の周りをグルグルと回り、ふんふんと鼻を鳴らして匂《にお》いを嗅《か》いでから、「ああ！」と合点がいったように目を見開いた。

「神田祭の時に会ったよな！」

「う、うん。思い出してくれて嬉《うれ》しいよ。僕は地味だから、忘れられているかと思った」

「匂いは覚えているから、大丈夫だぜ！」

千牧はぐっとサムズアップした。地味だということは否定しなかった。

「つ、司さん、今日は何をお探しですか⁉」

司がうっすらと傷ついているのに気付いたヨモギは、慌てて話題をそらす。

「ああ、そうだ。神保町《じんぼうちょう》の方にない本があってさ。こっちに在庫がないか、探してみようと思って」

「えっ、神保町にないなら、もう全国にないのでは……」

ヨモギの顔が青ざめる。

なにせ、神保町は本の街と言われているほどに、新刊書店も古書店もやたらと多い。

新刊書店は大きなものが何軒かあって、それぞれがあらゆるジャンルをカバーし合って

いた。

「いやでも、こういうところには案外あるかもしれないんだよ。かなり前、新刊として出た時に売れていた本でさ。しばらく経《た》って人気が落ち着いていたところで、ネットでまた話題になったんだよ」

「あー、成程《なるほど》」

人気が出てたくさん刷られた本は、稲荷書店にも入荷しやすい。しかも、ネットで話題になり始めたのはつい最近のことで、流行に敏感な人達は大型店に押し寄せたという。

「あった！」

司の読み通り、彼が探している本は棚に一冊だけ差してあった。ヨモギが見つけると、司はぱっと表情を輝かせる。

「良かったー。三谷《みたに》のところも数冊しか在庫を持ってなかったらしくて、瞬殺だったんだって。追加発注はしてるみたいなんだけど、入荷が数日後になっちゃうから……」

「発注から入荷は、タイムラグがありますもんね。うちも発注をかけておこう……」

ウェブで注文を受け付けている出版社だったため、ヨモギはテラに頼んで発注しておいた。

「そうだ。うち、スタンプカードを始めたんだぜ！」

千牧は意気揚々と、まっさらなスタンプカードを司に渡す。

「へぇ、これはいいね。紙のスタンプカードっていうところが、レトロな稲荷書店らしくて可愛《かわい》いと思う」

「そこに、このスタンプを押すんだ。俺、スタンプを上手に押したいから、練習してもいいか？」

「うん、もちろん」

司が頷くと、千牧は司の購入金額分だけスタンプを押そうとする。

深呼吸をして、精神統一するように目をつぶり、そして、カッと見開いた。

「オラァ！」

気合が入り過ぎた掛け声とともに、スタンプがカードにめり込んだ。スタンプについていたインクがわずかに飛び散り、スタンプの絵柄は完全に潰《つぶ》れた。

「おおぅ……」

ヨモギは両手で顔を覆う。千牧本人もまた、ガックリとうなだれた。

「これは、血しぶきスタンプ……？」

赤いインクがわずかに飛び散る様を見て、司は顔を引きつらせる。

「ち、違うんです！　肉球なんです！」

ヨモギは千牧からスタンプを受け取り、ぺたりと血しぶきの横に押してみせる。すると、愛らしい肉球のスタンプが、足跡のように刻まれた。

「あっ、可愛い！　血しぶきじゃない……！」

「血しぶきスタンプなんて押したら、お客さんに怖がられちゃうので……」

ヨモギは、完全に事件現場と化した一つ目のスタンプを見ながら苦笑する。

「そ、そうだよね。実際、僕は縮み上がったし……」

「くっ……！　千本ノックを終えるまで、スタンプはヨモギに任せた……！」

千牧は歯を剝き出しにして唸る。主に、不甲斐《ふがい》ない自分に向かって。

ヨモギはそんな千牧の背中を、背伸びをしながら撫《な》でてやった。

「それはそうと、司さんはすぐにこの本がご入用だったんですか」

司が探していたのは、美しい文章の書き方を綴《つづ》った新書であった。著者は有名なベテランのエッセイストで、著者名だけで説得力があるものだった。

「うん。今の僕に足りていないものがあってね。それを埋めるヒントになるかと思って」

「へぇ……？　司さんは、小説家とかライターを目指しているんですか？」

司は、困ったように微笑《ほほえ》む。

「う―ん。というか、一応、本を出しててさ」

「えっ」

ヨモギと千牧の声が重なる。

「どれ、ですか⁉　読んでみたいんですけど……！」

「積んでいっぱい売ってやろうぜ、ヨモギ！　どーんと、タワーを作ろう！」

千牧は両手をめいっぱい広げる。

「んー……。積むかどうかは、内容次第かな」

「シビア！」

急に冷静になるヨモギに、司が目を剝いた。

「す、すいません……。うちのお客さんにどれだけ合いそうかを、まずは判断したくて」

「分かってるって。三谷のところもそうだしさ。限られた空間でやりくりしているから、品目も厳選せざるを得ないよね」

うんうんと頷く司の表情は、どこか寂しげであった。

結局、司の本の在庫は稲荷書店になく、ヨモギは気まずい想《おも》いで出版社に注文した。

「まさか、うちに在庫がないなんて……」

「仕方ないよ。出版社さんがちょっとマイナーなところだし、僕も売れっ子じゃないからさ……」

「でも、続編が出てるじゃないですか。最近は、続編を出すのも大変そうなのに」

ヨモギは、司の著作を検索して感心する。

「ま、まあ、お陰様で……。なんか、じわじわと売れているみたい」と、司は照れくさそうに言った。

「ちゃんと本を出していて、じわ売れしているのに、どうして作法本を手に取ろうと思ったんですか？」

ヨモギは首を傾《かし》げてみせる。

「色々と事情はあるけど、一番大きな理由は、バリエーションを増やしたいってところかな」

「バリエーションって、文章の？」

「うん。あとは、仕事の。僕の著作、幻想小説ってことになっているけど、エッセイに近いからさ。エッセイ系の仕事も出来ないかと思って」

司の著作は、亜門達と過ごした日々を物語風に綴ったものらしい。

一般的には、亜門達はヨモギ達と同じく、幻想の世界の存在だ。その日常を綴ったものは、一般人からしてみれば幻想小説に見えるらしい。

「成程。得意分野で勝負する感じですね」

「そういうこと。そうすると、僕の一つの得意分野で、二種類の仕事が出来るようになるんだよ。小説とエッセイが書けるのは強いかと思って」

それで、美しい文章とは何かというのを参考にしたかったたらしい。

「司さん、仕事熱心ですね」

感心したヨモギは目をキラキラさせるが、司は遠い目をして明後日《あさって》の方を向いていた。

「そうしないと、作家として食べていけないから……」

「こっちはこっちで世知辛い……！」

ヨモギは思わず両手で顔を覆った。

司は今、友人である亜門の店を手伝いつつ生計を立てているという。その生活も気に入っているようだが、作家として自立したいという気持ちもあるらしい。

「エッセイのお仕事は、今、お付き合いがある版元さんでやるんですか？」

ヨモギの問いかけに、司は難しい顔をした。

「それが、あんまりそっちに力を入れていないところでさ。エッセイの話題を出した瞬間、担当さんが何とも言えない顔をしていて……。だから、エッセイを書かせてくれる出版社さんを新たに探すしかないかも」

「神保町ならば出版社がいっぱいあるから、選びたい放題じゃないか！」

千牧は、子どものように純粋な瞳《ひとみ》で司を見つめる。だが、司は足をふらつかせ、卒倒しそうになった。

「いやいや。神保町にある出版社さんって、大手オブ大手みたいなところだからね⁉　それよりも規模が小さい出版社さんでも、知名度があるエッセイストを抱えていそうなところが多いし……」

「そういうもんなのか……」

「そういうもんだね……。どっちかというと、ウェブで探すことになりそうかな。自分の作品をウェブ上に置いて、出版社さんのスカウトを待つ方法もあるし」

だが、すぐに声がかかるとは限らない。むしろ、全く目に留まらないものの方が多いくらいだ。

「まあ、気長に待つしかないかな。その間に、文章を磨くことも出来るしね」

司は会計を済ませ、紙袋に入れて貰った本と、血しぶきスタンプつきのスタンプカードをカバンの中に入れる。

その時だった。外からこぼれる街灯の光を背に、人影が現れたのは。

「話は聞かせて貰いましたよ」

「ひぃ、どちら様ですか⁉」

いきなり現れた人物を前に、司は悲鳴じみた声をあげる。

「菖蒲さん」

ヨモギはパッと表情を明るくした。

店先に立っていたのは、リモート会議を終わらせて帰宅する途中の菖蒲であった。

ヨモギは、司に菖蒲を、菖蒲に司を紹介する。

「ご紹介にあずかりました。私はこういうものです。今後とも、お見知りおきください」

菖蒲は、丁寧に司に名刺を渡す。

「こ、これはご丁寧にどうも……。僕は――」

司はものすごい勢いでポケットを探り、鞄《かばん》を漁《あさ》り、財布をひっくり返す。だが、目的のものは見つからなかったようで、がっくりと項垂《うなだ》れた。

「すいません……。名刺、持ってこなかったみたいで。名取《なとり》司といいます……」

「プライベートで名刺を持ち歩いている人の方が珍しいですし、気にしなくていいですよ」

自己嫌悪に陥る司を、菖蒲はさらりと慰めた。

「化け狸の方が社会人らしい……」

司は、一般的な会社員にしか見えない菖蒲を前に、あまりにもスタンダードで過不足がないデザインの名刺と彼を見比べる。

「話は聞いていたって、どの辺からですか？」

ヨモギが尋ねると、「血しぶきスタンプの辺りからです」と菖蒲はしれっと答えた。

「かなり話を聞いてますね⁉」

「クソッ、匂いに気付かなかったぜ……！」

千牧は悔しげに鼻を鳴らした。

「スタンプ用のインクに紛れてしまったんでしょうね。あんなに力任せにスタンプを押すから……」

「聞いていただけじゃなくて、見てたのかよ！　アドバイスしろよ！」

「充分にインクが付いているのなら、触れるくらいの強さで押せばいいんですよ。振り下ろすのはもってのほかです」

さらりとアドバイスを返す菖蒲に、「そ、そうか……！」と千牧は気付きを得る。

そんな千牧をほったらかしにして、菖蒲は司に歩み寄った。

「おめでとうございます」

「えっ、何がですか⁉」

「あなたは我が社にスカウトされました」

菖蒲は営業スマイルを張り付け、司に向かって拍手をする。

司はしばらくの間、何があったか分からないと言わんばかりにぽかんと口を開けていたが、何度か瞬《まばた》きをした後、ようやく状況を理解した。

「ええっ⁉　もしかして、出版関係者さん⁉」

「もしかしなくても、その通りです」

「菖蒲さん、出版社の立ち上げに目処《めど》がついたんですか⁉」

司とヨモギに、同時に詰め寄られる菖蒲であったが、彼はのけぞりつつも営業スマイルを崩さなかった。

「目処をつけるために、司さんのお力添えが必要という感じですね。まだ、産声をあげてもいない会社なので、とにかく協力者が欲しいんですよ」

「お仕事を下さるなら願ってもないことなんですけど……」

「けど？」

不安そうな司に、菖蒲が問い返す。

「いや、その、ヨモギ君のお知り合いだったら大丈夫だとは思ってるんですけど、原稿料は出るんでしょうか……？」

「支払いますよ」

即答だった。司の顔に安堵が過《よ》ぎる。

だが、それも束《つか》の間《ま》のことであった。

「お札に変えた葉っぱで、現金払いでいいですね？」

「よくないです⁉」

「菖蒲さん⁉」

これには、流石《さすが》のヨモギも声をあげた。

「冗談ですよ。相応の対価は払いますって」

菖蒲は鞄の中から算盤《そろばん》を取り出すと、パチンパチンと石を弾《はじ》いてみせる。

「四百文字詰めの原稿用紙一枚につき、これくらいでどうですか？」

「おお……。なかなかの奮発っぷり……」

司はごくりと生唾《なまつば》を呑《の》んだ。

「因《ちな》みに、どういうテーマで書けばいいんですか？」

「弊社が作るのは、ウェブ媒体のコンテンツで怪談系なんですが――」

「怪談⁉」

司の声が裏返る。一同は、きょとんとした顔で司を見つめた。

「あ、いや。怖い話はちょっと苦手で……」

「でも司さん、僕達はどちらかというと、怪談に出て来るひと達と近い存在なんですけど……」

ヨモギは心配そうに、司の顔を覗《のぞ》き込む。

「ヨモギ君達はその、正体が分かってるからいいんだよ。幽霊とか、よく分からないものが駄目なんだ……」

司は周囲をしきりに見回して、落ち着かなくなっていた。

稲荷書店の中は、電球の優しい明るさで満たされているが、外はいよいよ夜の闇《やみ》に包まれている。街灯が多い神田の一角とはいえ、駅前に比べたら静かで暗がりも多い。

「弊社も、怪談だけでは他社との差別化が図りにくいと思いましてね。他のジャンルも組み込もうと思っているんです」

菖蒲の言葉に、「えっ、ミステリーとかですか」と司は食いついた。ミステリーは最終的に正体が判明するので、司は安心出来るらしい。

だが、菖蒲の口からこぼれたのは、全く別のジャンルだった。

「グルメとか」

「どうしてその二つを混ぜようと思ったんです⁉」

司とヨモギの声が重なった。菖蒲は、とても深い溜息《ためいき》を吐《つ》く。

「……やっぱり、駄目ですかね。というか、ミステリーの方が良かったのでは、と私も思い始めました……」

「グルメは駄目っていうか、意味不明ですよ！　幽霊はご飯食べないですし！」と、司は裏手ツッコミを入れた。

「怖いものと美味《おい》しそうなものって、相性が悪くないですか⁉　怖いもの見た後に、美味しそうなものを食べたいとは思いませんよ⁉」と、ヨモギはグルメの本とホラー小説を交互に指さしつつ首を横に振る。

『怪異の立場でグルメを紹介するのは面白いかもね。「ゾンビが選んだ美味しいタイプの人間大全」とか』

パソコンの方から、テラが爽《さわ》やかに言った。

「今のところ、発想のとんでもなさは電霊《でんれい》が一番ですね……」

菖蒲は眉間を揉み、司とヨモギは抱き合って震え始めた。

「そもそも、お前はその二つをどんな風に組み合わせようと思ったんだ？」と千牧は菖蒲に問う。

「それは発案者に聞きたいくらいですね。どうやら、秘策があるようですが」

「ふーん。司は、それを聞いてから引き受ければいいんじゃないか？」

「それもそうだね……。話を聞いたら、意外と可愛い題材かもしれないし」

司は、顔が青いまま無理矢理微笑んだ。

「そうですね。発案者も食いしん坊の気がいい狸なので、そこまで恐ろしいことは考えていないと思います。話を聞くだけ聞いて貰えればと」

「食いしん坊の狸って、なんか可愛い響きですね。まずは、お話を聞くところから」

司の表情が、ほんの少しほころぶ。それを見て、菖蒲は頷いた。

「それで充分です。じゃあ、行きましょうか」

「へ？」

司は目を丸くする。その細腕を、菖蒲がぎゅっと引っ摑《つか》んだ。

「稲荷書店で打ち合わせをするわけにいかないでしょう。彼は私が呼び出すので、打ち合わせをしますよ」

「いや、今ですか⁉　友人の店を抜けてきたところなので、神保町に戻らないと！」

「それなら、神保町で打ち合わせをしましょう。この時間なら、発案者も神保町をうろついていますし」

「ひええっ」

悲鳴をあげる司を引っ摑んだまま、菖蒲は「お邪魔しました」と稲荷書店を後にする。司は、「いや、心の準備が」とか「何がなんでも仕事をさせようとしてますね!?」と騒ぎながら引きずられていく。

「……行っちゃったね」

「……無事に、友だちの店まで戻れるといいな」

ヨモギと千牧は、夜の神保町方面に消えていくふたりを見送りながら、そっと無事を祈る。

店の奥の方からは、お爺《じい》さんが作る煮込み料理の良い匂いが漂ってきて、そろそろ閉店時間であることをふたりに報《しら》せていたのであった。


一方、司は強引に連れ去られ、菖蒲とともに神保町に戻ってきた。

怪談とグルメのコラボレーションを発案したのは、下野という狸らしい。数あるグルメの中でも、特にカレーが好きらしく、神保町のありとあらゆるカレーを愛してやまないという。

そんな下野は、菖蒲に呼び出されて、すずらん通りの入り口までやって来た。会社帰りの人達の中で、ふくよかな下野はひときわ目立っていた。

「菖蒲ーっ！　グルメな怪談を書いてくれるライターが見つかったんだって？」

下野は目を輝かせながら、のしのしと走ってきた。人間の姿であったが、豪快な腹鼓が鳴らせそうな出で立ちである。

「グルメな怪談って、響きがカオスなんですけど……」

司の声が震える。

はしゃぐ下野に、菖蒲はやんわりと答えた。

「まだ書いてくれるとは決まってませんよ。まずはあなたの話を聞いて、それからです」

「そうそう」と司は頷く。

「私もあなたの案がいいと思ったら、一緒になって司さんをタダでは帰さないよう説得するので安心してください」

「そうそ――いやいや⁉」

司はふたりから逃れようとするが、下野が異様に俊敏な動作で、司の腕を引っ摑む。菖蒲以上に、下野は押しても引いてもびくともしなかった。

「ひぃぃぃ……。来てはいけないところに来てしまった気がする……！」

「まあまあ。カレーでも食べて話そうよ」

下野は人の好《よ》さそうな笑顔でそう言うものの、既にカレーの匂いに包まれていた。

「カレーはもう、食べてきたのでは……」

「ああ。二軒ほど回ってきたけど、夜はこれからだからさ」

下野は、ばちんとウインクをする。

「飲み屋のはしごはよく聞くけど、カレー屋のはしごは初めてだな……」

「やったじゃないか！　ライターさんもいっぱいカレーを食べよう！」

「僕は一皿でお腹《なか》いっぱいになるので……！」

肩を組んで来る下野に、司は首を高速で横に振った。食が細いので、七分盛りくらいが丁度いい。

司が下野のカレー激推し攻撃を受けている隙《すき》に、菖蒲はさっさと手ごろな店を探して席を確保する。

「席を押さえました。ここで話しますよ」

菖蒲は中華料理店から顔を出し、司と下野を手招きする。

「カレー屋じゃない！」

下野はショックを受けたのか、涙目だった。

「そろそろ、ディナータイムで混雑する頃《ころ》でしょうし、今からカレー屋を探して夕飯難民になるよりはいいと思いますけどね。この店、小籠包《しょうろんぽう》が美味しいらしいですし、あなたもお好きでしょう」

小籠包と聞いて、下野の目に生気が溢《あふ》れる。

「下野、小籠包、好きー！」

「なんでカタコト気味になるんですか……」

下野は弾むようなスキップで店内に入り、司は逃げることを忘れてのろのろと菖蒲に歩み寄る。

その時、彼らは聞き逃していた。

下野が、「カレーなら、後で食べられるし」と意味深に囁《ささや》いたことを。


一つのテーブルを囲み、中華料理に舌鼓を打ちながら菖蒲達は雑談を交わしていた。

そんな時、自分の小籠包をすっかり平らげた下野が、唐突に話を切り出した。

「神保町には、『赤いカレー』があるんだ」

菖蒲と司は、顔を見合わせる。

「それって、激辛のカレーですか？」

「僕、辛過ぎるのも苦手なので……」

ふたりのコメントに、下野は首をぶんぶんと横に振る。

「甘い甘い。子ども向けの甘口カレーよりも甘い。激辛カレーのことじゃない。怪談なんだよ」

下野は急に声のトーンを下げ、『赤いカレー』について語る。

その内容は、こうだった。

残業で遅くなった会社員が、夜の神保町の町を歩いていた。

夕飯を食べ損ねていたので何処《どこ》かで食べようと思ったが、生憎《あいにく》と、営業時間が過ぎているところか、満席のところばかりであった。

会社員は、空腹で弱り果てる。

だが、『赤いカレー』というのぼりが目に入り、会社員はふらふらと引き寄せられてしまった。

ビルとビルの隙間の路地裏をしばらく行くと、照明が灯《とも》っていない小さなカレー屋があった。

店内は真っ暗であったが、入り口には『open』の札が下げられており、扉も半開きになっていた。

空腹でへとへとになった会社員は、吸い寄せられるようにカレー屋に入って行ったのだが、二度と、戻ってくることはなかったという。

「これが、神保町のカレー好きの間でまことしやかにささやかれている、『赤いカレー』の話さ……」

「ひぇぇ……。なんて恐ろしい……」

司は、下野のおどろおどろしい口調にすっかり呑まれていた。だが、菖蒲は「おかしいですね」と首を傾げる。

「その会社員が戻って来なかったのなら、どうして『赤いカレー』の話が言い伝えられているんです？」

「そ、それは、会社員が動画サイトで実況をしていたからじゃないか……⁉」

「空腹のときにそんな余裕がありますか」

菖蒲はぴしゃりと言った。

「やれやれ。どんな面白い話があるかと思ったら、作り込みが甘い怪談でしたか」

「ほ、他にもパターンがあるんだ！　暗がりの中に、ないはずののぼりが立っていて、恐ろしくなって逃げ帰った会社員とか！」

「怪談で会社員を酷使しないでください。ただでさえ、会社勤めで疲れているんですから」

「それもそうか……」

同じく会社員の下野は、急に素直になってしょんぼりする。

「ははは……。灯《あか》りがないあたりは、本所《ほんじょ》七不思議の燈無蕎麦みたいで怪談っぽかったんですけどね。確かに、創作っぽいなぁ……」

司はウーロン茶を啜《すす》りつつ、そわそわしながらそう言った。

「司さんは、かなり怖かったようで……」

「い、いいいえ！　怖くないです！　カレーだし！」

司は、必死になって首を横に振る。

「そう、カレーなんだよ！」と下野が電光石火で食いついた。

「ひぃ！」

「怪談はさておき、『赤いカレー』があるなら食べてみたい！　カレーフリークとして聞き捨てならないメニューだと思わないか⁉」

「ぼ、僕はカレーフリークじゃないです！」

口回りを小籠包の肉汁でベタベタにした下野が、拳《こぶし》を振り上げて力説する。周囲の客が目を丸くして注目し、菖蒲は眉間を揉んだ。

「さては、取材と称して『赤いカレー』を探しに行く算段でしたね？　自分がそのカレーを食べたいから……」

「流石は菖蒲。話が早い。いかにも、その通りなんだ！」

「私じゃなくても分かりますよ」

下野の称賛を、菖蒲は明後日の方を向いて突っぱねた。

まんまと誘導された菖蒲は、このままでは腹の虫がおさまらなかった。騙《だま》し合いに負けたとあらば、化け狸のプライドが許さない。

「それじゃあ、記事の話はまた別件で……。こう、お手柔らかなやつでお願いします……」

司は愛想笑いを張りつかせながら、いそいそと財布を取り出して飲食代を支払おうとする。だが、菖蒲がその手を鷲摑《わしづか》みにした。

「ひーっ！　まだ、何か⁉」

「取材です」

「なんと⁉」

「『赤いカレー』、取材に行きますよ」

「なんで⁉」

司が目をひん剝き、下野が目を輝かせる。

「怪談が創作であれ何であれ、火のない所に煙は立たないですしね。その原因となったものを探しましょう。あなたはそれをもとに、エッセイを書くんです」

「まさかの、夜の神保町巡り⁉」

「大丈夫です。こちらには狸がふたりいますからね。猟師が出ない限りはあなたを守れますよ」

菖蒲は司の肩をポンと叩《たた》く。

「猟師が相手だと、俺達がカレーの具になっちゃうから逃げるけどな」

下野もまた、反対側の肩を叩く。司の両肩に、ふたり分の重みがのしかかった。

「……猟師さんのおばけが出ないことを祈りましょう」

司は観念して、深い溜息を吐く。

こうして、夜の神保町探索が始まったのであった。

二十時以降の神保町は、めっきり人通りが少なくなっていた。

新刊書店も閉まり、チェーンの飲食店やコンビニがぽつぽつと営業しているだけになる。因みに、通りに面した古書店のほとんどは、日が暮れた頃に店を閉めていた。

「やっぱり、この時間になると人が少ないですね……」

司は縮こまりつつ、下野の大きな身体《からだ》に隠れながら歩いていた。

昼間は賑《にぎ》わっていたすずらん通りも、すっかり夜に呑まれて静まり返っている。

ときおり、人影がふらふらと歩いているのに気付くが、それが人間なのかそうでないのか分からないくらいだ。

「こんな時間にこの場所にいるなんて、深夜残業が確定した出版関係者かアヤカシくらいですからね」

「編集さんって、夜遅くまで仕事をしていることもありますしね……」

メールがえらい時間に来たことがある、と呟きながら、司は同情の眼差《まなざ》しで出版社の方角を見やった。

「アヤカシなら、せめて分かりやすいアヤカシが出てほしい……」

「分かりやすいアヤカシってなんですか」

怯《おび》える司に、菖蒲が問う。

「化け狸は分かりやすいと思います。怪談の定番ですし」

「ふむ。そうなると、皿屋敷も分かりやすい怪談の定番ですね。井戸の中から皿を数える声がするという……」

「皿屋敷は怖いので……」

ノーセンキューと言わんばかりに、司は手を挙げる。

「基準がよく分からないですね。分かりやすいか分かり難《にく》いかではなく、怖いか怖くないかっていうところじゃないんですか？」

「そうかもしれません……」

「まあ、相手はカレーですし、怖くはないでしょう。出てもせいぜい、カレーの幽霊ですよ」

「カレーの幽霊って、わけが分からな過ぎて別の意味で怖いですね……」

ごくりと固唾《かたず》を呑む司であったが、次の瞬間、ぽよんとした感触に顔を埋めることになった。

「うわっ、すいません。どうしたんですか？」

前を歩いていた下野が、急に止まったのだ。彼は鼻をひくひくさせて、辺りを見回している。

「カレーの匂いがする」

「何処かのチェーン店では？」

菖蒲もまた、下野に倣って鼻をひくつかせる。司もつられるが、何も感じられなかったのか、ガックリと項垂れていた。

「この辺りのカレー屋じゃない。初めて嗅ぐ匂いだ！」

下野は、急に早足でのしのしと歩き始める。大きな身体からは想像がつかないほど速く、突進するトラックのようだ。

司と菖蒲は、慌ててその後をついて行った。

路地をいくつか曲がり、時に、ビルの隙間を通り、隙間を通るのが困難な下野を、司が押して菖蒲が引っ張りながら、薄暗い小径《こみち》までやって来た。

「ここだ……」

下野が立ち止まり、菖蒲がねめつけ、司が戦慄《せんりつ》する。

そこには、『赤いカレー』というのぼりが立っていた。真っ赤なカレーが描かれたのぼりが、生ぬるい風にはためいている。

のぼりの奥には、店らしきものがあった。

ビルの隙間をぬうように建てられた店は、灯りが全くついていないにもかかわらず、『open』という札が下げられていた。

「神保町に、こんな場所があったとは……」

「というか、怪談のまんまじゃないですか……」

訝《いぶか》しげな菖蒲に、司がしがみつく。

だが、下野はカレー屋の異様な雰囲気に臆《おく》した様子もなく、ずんずんと先に進んでしまった。

「えっ、ちょっと……！」

「カレーの匂いは、この中からだ。赤いカレーは確実に、この先にある」

下野の鼻息が、生ぬるい風を押し戻す。

「いやでも、明らかに危ない雰囲気じゃないですか。この中に入ったら、二度と出られないかも……」

司は下野を止めようとする。

だが、菖蒲もまた、下野の後を追い始めてしまった。

「虎穴《こけつ》に入《い》らずんば虎子《こじ》を得ずと言いますしね。狸が虎子を得てもしょうがないんですが、取材のために行きましょうか」

菖蒲は、司の腕をむんずと掴む。

「ひぃぃっ」

「ほら、さっさと行きますよ。下野を見失ってしまう」

「お、降ります！　この依頼、やっぱり降りますぅぅぅ！」

足をばたつかせて抵抗する司を菖蒲は引きずりながら、下野の後に続く。

入り口はレトロなガラス戸で、下野が引くと、ガタガタと音を立てながら道を空けた。

外界のわずかな光が、真っ暗な廊下を辛うじて照らす。先の見えぬ闇の中から、ふわりと生ぬるい風と共にカレーの匂いが漂ってきた。

「はっ、カレー……！」

人間である司にもはっきりと感じられるほどだった。

「近いぞ」と下野は前屈《まえかが》みになる。いつでも、獲物《えもの》に食いつける姿勢だ。

「あれ？　何か書いてありますよ」

司は、玄関に板状のものが立てかけてあるのに気付く。携帯端末のライト機能で照らして眺めると、そこには、こう書かれていた。

『ここで履物を脱ぎ、帽子や外套《がいとう》をおとりください』

すぐ横には、古びたハンガーラックと小さな靴箱が設置されていた。

玄関から延びる廊下も日本家屋のそれで、靴を履いたまま上がるのは気が引ける造りだった。

「まあ、この造りなら当たり前ですかね。上着をここに預けるのは少し不安ですが」

菖蒲は司とともに、素直に靴を脱いで上着をラックにかける。

菖蒲が小突くと、カレーにばかり意識がいっていた下野もまた、慌てて上着と靴を脱いだ。

「お邪魔します……」

看板のメッセージに人の気配を感じてか、司は先ほどよりも落ち着いた様子で奥に声をかける。

だが、返って来たのは沈黙とカレーの匂いだけだ。司の横では、下野の腹がぐるぐると鳴っている。

「あー、お腹空《す》いた……」

「さっき食べたでしょう」

「カレーの匂いを嗅ぐと、お腹が空くんだ。あと、歩いたし」

菖蒲が呆《あき》れる中、下野は腹をさすりながら先行する。廊下を踏みしめるたびに、ぎしぎしと不気味な音が響いた。

「カレーの匂いがするし、普通にカレー屋さんっぽいですけど、どうして暗いんでしょうかね……。もしかして、ホラー系の演出をする飲食店なんでしょうか……」

「それなら、ただのグルメレポートになりそうですね。帰りますか？」

司の問いに、菖蒲は急速に興味を失ったように回れ右をしようとする。だが、その腕を下野が摑んだ。

「駄目だ！　カレーを食べないと帰れない！　白いカレーと黒いカレー以外にも赤いカレーが神保町に存在するということを、この目で確かめなくては！」

「……そのくらいの情熱があるなら、いっそ、あなたにグルメ記事を書かせてもいい気がしてきました」

「まさかの、こんなところで身近な人材に気付くやつ……」

下野の採用を真剣に悩む菖蒲に、司は固唾を吞む。だが、当の下野は気にした様子もなく、ずんずんと先に進む。

「あっ、また何かがあるぞ！」

今度は、廊下のど真ん中に看板が立っていた。そこには、こう書かれている。

『ネクタイピンやカフスボタン、眼鏡や財布、金属類などの貴重品は、みんなここに置いてください』

看板の前には、古びた小箱が置かれていた。そこに貴重品を入れよということらしいが、鍵《かぎ》がないので心許《こころもと》ない。

「……盗む気じゃないでしょうね」

菖蒲は胡乱《うろん》な眼差しで看板を見やる。

込んでいた。

だが、その横で下野が、財布やネクタイピン、更にはベルトまで外して小箱の中に詰め込んでいた。

「ええー……。下野さん、お財布も入れちゃっていいんですか？」

司は心配そうにその様子を見つめる。

「店に入っては店に従えと言うじゃないか！　店の中では店主の言うことが絶対だ！　客といえども、店のルールに反するのはマナー違反なんだ！」

「い、意識が高いグルメな人だ……！」

下野の迫力に圧《お》された司は、のろのろと貴重品類を外して小箱に詰める。

「ほら、菖蒲も！」

下野は菖蒲を急《せ》かすが、菖蒲は「嫌ですよ」と突っぱねた。

「鍵もない不用心なところに、自分の財産は一円たりとも預けられません。あなたは、店主が狸汁になれと言ったら、なるんですか？」

「…………カレーを食べさせてくれるなら」

「カレーと命を天秤《てんびん》にかけないでください。カレーを食べるのと引き換えに狸汁になりましたなんて、仲間に報告したくないですし」

菖蒲は露骨に顔をしかめる。

結局、菖蒲はこっそりと貴重品を持ち込むことになった。

貴重品を預けなかったことを店主に咎《とが》められてもいいよう、下野と司からは一歩離れて続くことにする。そうすることで、もし、菖蒲が店主の不興を買っても、他人のふりをして店から出ればいいとのことだった。

「まあ、結果的に、ふたりが食べられればいいわけですし」

「うーん。赤いカレーかぁ……」

赤いカレーの存在がいよいよ現実のものかもしれないとなり、司は尻込《しりご》みをしてしまう。

「辛かったらどうしよう……」

「大丈夫。それなら、俺が全部食べるよ」

下野はいい笑顔でサムズアップをしてみせた。

「下野さんが全部食べたら、意味がないのでは……」

「じゃあ、一口だけ。君が一口だけ食べればいい」

「まあ、一口くらいならば辛いのも我慢出来るし、味が分かれば記事も書けますね……。

いや、でも、ただのカレー屋さんだと怪談ではなくグルメレポートになるだけでは……」

司は頭を抱えてしまう。

するとしばらく歩いた先に、また看板があった。

「まただ」と司は携帯端末のライトで照らす。

「なんて書いてあるんですか?」と後ろから菖蒲が問う。

だが、司の口からは「ひっ」と引きつった声だけが出た。代わりに、下野が看板の文字を読む。

「『壺《つぼ》の中の液体を、顔や手足にすっかり塗ってください』」

看板の下には、壺が置いてあった。壺には、白い液体がなみなみと注《つ》がれているではないか。

「……なんか、どこかで見たような展開ですね」

「菖蒲さん、これってもしかして……」

眉間を揉む菖蒲に、震える司。そんな彼らをよそに、下野は壺の中の白い液体を指先につけ、ぺろりと舐《な》める。

「これは……牛乳……!」

「顔や手足に牛乳を塗るなんて、おかしくないですか?」

司の問いに、「美容のためかも……」と下野は自らの顔に牛乳を塗ろうとする。それを、菖蒲が襟を引っ摑んで止めた。

「どうして、カレー屋が美容にいいことをさせるんですか。牛乳びたしになりながらカレーを食べるなんて最悪ですよ」

「っていうか、これは宮沢賢治《みやざわけんじ》の『注文の多い料理店』っぽくないですか⁉ 流行《はや》っているから客からの注文が多いのだと思わせておいて、実は客に対する注文が多いっていう話ですよ！　店の奥にいるおっかない奴《やつ》らが、客を食べようとしているっていう……！」

司がまくし立てるように言うと、下野はハッとした。

「そうか！　牛乳に浸すと肉が柔らかくなるから……！」

「下野なんて、食べるところがいっぱいですしね」

納得する菖蒲を前に、「くそっ……！」と下野がくずおれる。

「柔らかい肉が入ったカレーなんて、美味しいに決まってるじゃないか……！　この上なく、食べたい……！」

「……自分の肉が入ったカレーですよ」

「二百グラムくらいならわけるのに……！」

下野は豊満なお腹を摘《つ》まみながら、悔しげに唸る。

「やめてください。私は仲間の狸カレーなんて食べたくないですし。しかもそれ、脂身じゃないですか……」

菖蒲に冷静なツッコミをされ、下野のお腹はきゅるきゅると情けない音を出す。

「というか、逃げた方がいいのでは……」

司は既に及び腰で、足は出口の方へ向いている。

「いいえ。正体を暴けば面白い記事が書けると思いませんか？　このままだと、オチが消化不良ですし」

「いや、だって、この調子で行くと、奥にいるのはヒトや狸を食べるやつじゃないですか！　赤いカレーっていうのはきっと、客の血なんですよ！」

司が叫ぶと同時に、奥からむわっとした風が吹いた。カレーの匂いとともに獣くささが辺りに充満し、不穏な空気が司達を包み込む。

「……何か、聞こえません？」

司はかすれた声で尋ねる。

菖蒲と下野は、廊下の奥へと耳を傾ける。すると、ハッキリとこう聞こえた。

「おいてけぇ……」

「置いてけ？　何を？」

怪訝《けげん》な顔で菖蒲が問う。すると、声は一層大きく轟《とどろ》いた。

「みぐるみを置いていけぇ！　そうでなければ、お前達の肉と命だぁ！」

「やっぱりーっ！」

司は悲鳴をあげると、菖蒲と下野の襟首を引っ掴む。

先ほどまでの非力っぷりは何処へ行ったやら、ふたりを引きずりながら出口へと一目散に走りだした。

「俺の赤いカレー！」

下野は床にお腹をバウンドさせながら引きずられる。菖蒲はさっさと体勢を整え、司と並走した。

「出口だ！」

閉ざされたガラス戸から、外界の光が溢《こぼ》れている。

司はすがるようにガラス戸を開けようとしたが、びくともしなかった。

「開かない！」

「何処かに引っかかっているんじゃないですか？　貸してください」

菖蒲もガラス戸を開けようとするものの、やはりびくともしなかった。下野が体当たりをしてみるが、ガラス戸が軋《きし》むだけである。

そうしているうちに、廊下が軋む音が近づいて来る。

「おいてけぇ……」

恨めしくもおどろおどろしい声が生ぬるい風と共に吹き付け、闇の中に人影のようなものが揺らめいていた。

その人影は、何かを携えている。ガラス戸から漏れる外界の光に鋭く光るのは、肉切り包丁だった。

「みぐるみを置いて行かないなら、お前達の肉を三百グラムずつよこせぇぇ……」

「三百グラムか……」

下野は、このくらいかなと自分のお腹を摘まんでみせる。

一方、細身の司は、腰を抜かして目にいっぱい涙をためながら、首をぶんぶんと横に振った。

「三百グラムも持っていかれたら、肉が無くなっちゃいますから！　勘弁してください！」

「問答無用！　それならみぐるみを置いていけぇぇぇ！」

カレーくさい風が、殴りつけるように司の頬《ほお》に当たる。

「ぎゃー！　金目のものは置いて行ったので、後はこれだけですから！　都市鉱山のレアメタルでご勘弁をーっ」

司が手にしていた携帯端末を差し出そうとしたその時、菖蒲はハッとガラス戸の向こうを見やる。

「ふたりとも、伏せてください！」

彼はとっさに、司と下野とともに床へと伏せた。不意打ちを喰《く》らった司と下野は、床に顔をぶつけて「ぎゃっ」と短い悲鳴をあげる。

刹那《せつな》、びくともしなかったガラス戸にひびが入った。

おどろおどろしかった声が「えっ」と素に戻った瞬間、外界との隔たりは容赦なく打ち砕かれた。

「司君、ご無事ですか⁉」

ガラス戸を破って現れたのは、杖《つえ》を携えた眼鏡の紳士であった。

「亜門……！」

夜の神保町を照らす街灯の光を背に、亜門は壊れたガラス戸をこじ開けてカレー屋の中に突入すると、廊下の奥の存在に殺気を向けた。

「貴方《あなた》ですか。私の大切な友人を怯えさせたのは」

「えっ、いや、その……」

肉切り包丁を持った襲撃者は、明らかに戸惑っていた。亜門が一歩踏み込むと、大股《おおまた》で一歩下がる。

「その刃物で、我が友人の肉を三百グラム頂戴《ちょうだい》しようとしたではありませんか。そのような暴挙、見逃せませんな」

「いえ、その、これはただの脅しで……」

「問答無用です！」

亜門の杖が閃《ひらめ》き、怒りの一撃が襲撃者を沈める。

くぐもった悲鳴とともに襲撃者は倒れ伏し、生ぬるい風はあっという間に過ぎ去り、古びたカレー屋の中の闇に覆われた視界は、いつの間にか明るくなっていた。

「あれ……？　カレー屋は？」

下野がきょろきょろと辺りを見回す。

カレー屋は、見事なまでに消え失《う》せていた。

一同がいるのは、ビルとビルの間にある細い隙間であった。ハンガーラックにかけていたつもりだった上着は、ビルに取り付けられた室外機に引っかかっていた。

「どうやら、すっかり化かされたようですね」

菖蒲はいつの間にか小箱を手にしていて、財布やベルトを司と下野に返してやる。司はあんぐりと口を開けたまま、放《ほう》り投げられた財布を受け取った。

「司君、ご無事でしたか？」

亜門は膝《ひざ》を折り、へたり込む司に手を差し伸べる。先ほどまでの修羅さながらの雰囲気はすっかりと失せ、紳士然とした微笑を湛《たた》えていた。

「お陰様で無事ですけど、何故《なぜ》、亜門がここに……」

「司君がなかなかお戻りにならないのを心配して、探しに来たのです。そこで、司君の気配を感じまして」

「心配をかけてすいません……。亜門がいなかったら、今ごろ、肉を三百グラム持っていかれているところでした……」

亜門に支えられつつ、司は何とか立ち上がる。だが、「そうでもなさそうですよ」と菖蒲が言った。

「肉を貰うというのは、本当に脅し文句じゃないですかね。犯人が食べられるのは、せいぜい小動物の肉ですよ」

肉切り包丁を携えた襲撃者がいた場所には、小さな獣が落ちていた。司と下野は、まじまじと獣を見つめる。

「これって、イタチですか？」

「貂《てん》ですね。まあ、似たようなものですが」

貂はお腹を見せて大の字で寝ていたが、やがて、鼻をひくつかせたかと思うとハッと目覚める。

「ひぃぃ、眼鏡の紳士に殺される……！」

貂は小さな手で頭を押さえながら、縮こまってぷるぷると震えた。

「友人を無事に取り戻しましたからな。命までは取りませんぞ」

亜門は、怯える貂にきっぱりと言った。

「裏を返せば、取り戻せなかったら命まで取るやつだ……」と司は震える。

「『赤いカレー』こと『燈無カレー』の正体は、あなたですね？」

菖蒲はしゃがみ込み、垂れ下がった貂の尻尾《しっぽ》をひょいと摘まんでみせる。すると、貂は小さな頭で首を縦に振った。

「どうして、こんなことを……」

司は、上着を羽織り直して財布をしまいながら問う。

「実は、開発で住処《すみか》を追われてしまって……。東京都心ならば同じような境遇の獣が多く住むと聞いて来たんですが、なにぶん、金銭が無くて……」

貂の事情を聴き、菖蒲は納得する。

「それで、追剝《おいはぎ》のような真似をしていたわけですか。追剝というか、置行堀ですが」

貂の目的は、小箱に入れた貴重品だったのだろう。

まんまと貴重品を入れた客を、肉か命を奪うと言って脅して逃げさせるのだ。先ほど一同を帰そうとしなかったのは、菖蒲が貴重品を預けていなかったからだ。菖蒲が金銭を差し出せば、扉が開くという仕組みだったのだろう。

「じゃあ、赤いカレーは実在していなかったのか……⁉」

ショックを受けた下野は、その場でがっくりと膝をつく。

「そうなんです。すいません……。赤いと怖い雰囲気が出るかなって思って……」

「匂いまでしたのに……」

「あれはただのカレーです。自分が明日の朝に食べるために作ったもので……」

「カレーは実在しているのか⁉」

下野はバウンドするように顔を上げ、目を輝かせて貂に詰め寄った。

「は、はい。短時間なら人間に化けられるので、カレー屋の厨房《ちゅうぼう》に紛れ込んでは、自分の食事用にカレーを作っていて……」

「そのくらいの技量があるなら、いっそのこと、人間としてカレー屋でバイトをすればよいのでは……」

　菖蒲がツッコミを入れるものの、貂は首を横に振った。

「いいえ。化け貂としては未熟ゆえに、何時間も人間の姿を保てないので……」

「でも、お店まで作れたのに……」

　司は不思議そうに店があった位置を見やる。今となっては、何の変哲もないビルの隙間だ。

「あれ?」

「どうしました?」

「いや、何かがいたような……」

　目を凝らす司の前に、貂が短い手を振りながら割り込んだ。

「いいえ! 何でもありません! 何もないです!」

「怪しいですね」

　菖蒲は止めようとやって来る貂の鼻先を押さえつつ、ビルの隙間に顔を突っ込む。すると、何かが室外機の陰で身を寄せ合っていた。

「ああ、成程」

「仲間がいたんですね」

　司もまた、菖蒲の背後からそろりと顔をのぞかせる。

そこには、何匹かの貂が丸まって縮こまっていた。つぶらな瞳をこちらに向ける彼らは化け貂よりも小さくて幼い顔立ちで、子どもであることが容易に知れた。

「貂は何匹かが力を合わせて化けることもありますしね。先ほどの店は、彼らの妖力の合わせ技なのでしょう」

菖蒲に鼻先を押さえられていた化け貂は、短い前足で菖蒲の手を払い、急いで子ども達の前に立ちはだかる。

「私はどうなっても構いません！　子ども達はどうか、見逃してやってください！」

「とうちゃん……」

「いなくなっちゃ嫌だよぉ……」

貂の子ども達は、化け貂に必死にしがみつく。彼らのうちの何匹かは、奥の方から小さな鍋《なべ》を持ってきた。

「人間さん、カレーをあげますから父ちゃんの命だけは助けてください……」

「カレー！」

下野の目の色が変わる。鍋の中には、たっぷりとカレーが入っていた。カレーの匂いは、この鍋からしていたのだろう。

「みんな、貂達が可哀想《かわいそう》だから、助けてあげよう！」

カレーに釣られた下野は、貂の前に立ちはだかって菖蒲達を説得しようとする。

「僕はその、正体も分かったし怖くなくなったから何でもいいっていうか……」

驚き疲れた司は、遠い眼差しでそう言った。

「私も、司君がご無事ならば特には。ご苦労もされているようですしな」

友人の無事が確認出来た亜門は、温厚な紳士に戻って穏やかにそう言った。

ここまではいい。

だが、下野と貂達は、不安そうに菖蒲を見やる。先ほどから、彼は黙って考えごとをしているようであった。

「菖蒲、貂カレーだけはやめてやってくれないか……？」

「まるで私がろくでもないことを考えているかのような口ぶりはやめてください。彼らが人間社会で上手く生きていく方法を考えていたんです」

菖蒲の言葉に、化け貂はパッと表情を明るくする。

「何かお知恵があるならお貸しください！　カレーはいくらでも差し上げるので！」

化け貂は菖蒲の足にしがみつく。

「そもそも、生き残り難かったり、居場所が無かったりするアヤカシに力を貸したいから出版社を始めようと思ったわけですし、うちで外注をしたり、雇用するというのはアリかもしれません」

「なんと！」

化け貂は目を丸くし、子ども達は「やったね、父ちゃん！」と化け貂にまとわりつく。

「料理が出来るなら、社食で働いて貰おう！」

下野はカレーの鍋を受け取りながら提案する。

「オフィスを借りないタイプの会社なので、社食はないですね……。しかし、料理が出来ることと、建物に化けられるチームワークは頼もしいですからね。露草達にも相談してみましょう」

「ついに、私も手に職が！」

化け貂は短い前足をあげて万歳をした後で、流れるように五体投地をする。

「いやはや、有り難う御座います！　何と懐《ふところ》が深い人間だ！」

「いいえ。私は狸ですよ。カレーの匂いで鼻が利かないんでしょうけど」

「なんと、人間社会に溶け込んでいる獣だったとは。都会は色んな匂いで溢れているし、これはもう、どれが人間でどれが獣だか分かりませんね」

化け貂は、うむうむと自分の言葉に頷く。

「はっ、この中で人間って僕だけでは……！」と司は今更気付く。

「人間もまあ、動物の一種ですし、本質はそこまで変わらない気がしますね。浮世の社会は、人間社会ではなく、みんなの社会なのかもしれません。ヒトもヒト以外の獣も、ともに社会を回しているのでしょうね」

多様性が叫ばれる時代ですし、と菖蒲は天を仰ぐ。

夜はすっかり更け、街の灯りがほとんど消えた神保町からは、他の都心の街に比べて少しばかり多く星が見える。

司と亜門も、下野と貂達も、その星空を見上げていた。ビルに囲まれた路地は静かで、漂っているのはカレーの匂いだけだった。

「さてと。一先《ひとま》ず、お開きにしますか。私は、貂一家を知り合いのところに連れて行きます。住まいを探している獣のためのシェルターがあるので」

「そんなのがあるんですね。すごいなぁ……」

司は感心しつつ、亜門とともに戻ろうとする。だが、その背中に、菖蒲はすかさず声を投げた。

「それでは、原稿用紙三枚分のエッセイをお願いしますね。締め切りは二週間後でいいですかね。調整は出来るので、遅れそうなら連絡をください」

「えっ？」

「え？」

面食らった司に、菖蒲が首を傾げる。

「『赤いカレー』は解決してしまったから、お話はなかったものかと……」

「解決はしましたが、実在もしたじゃないですか。獣が化かしているから怪異ですし、あいた。

なたの得意分野では」

「実在する幻想……。本当だ、僕の得意分野……！」

でも、どうまとめればいいんだ、と司は頭を抱える。

「司君は、新しいお仕事を頂いたのですか。良かったですな」と亜門がにこやかに肩を叩いた。

「良かったんですけど、なんかこう、起こったことが多過ぎて、上手い具合にまとめるのが難しいような……」

「適当にぼかしたり、多少脚色してくれればいいですよ」

菖蒲は別れ際にそう言って、司と亜門を見送った。

帰り際、下野はカレーの鍋を抱えて満足そうで、貂達も行く宛《あて》が見つかって満足そうだった。

菖蒲は、閉店した店のショーウィンドウに自分の姿が映っているのに気付く。

その表情もまた、仕事が進んだことへの充実感に満ちていて、彼は悪くない気分で、仲間とともに神保町を後にしたのであった。

第二話　ヨモギと千牧、新たな制服に迷う

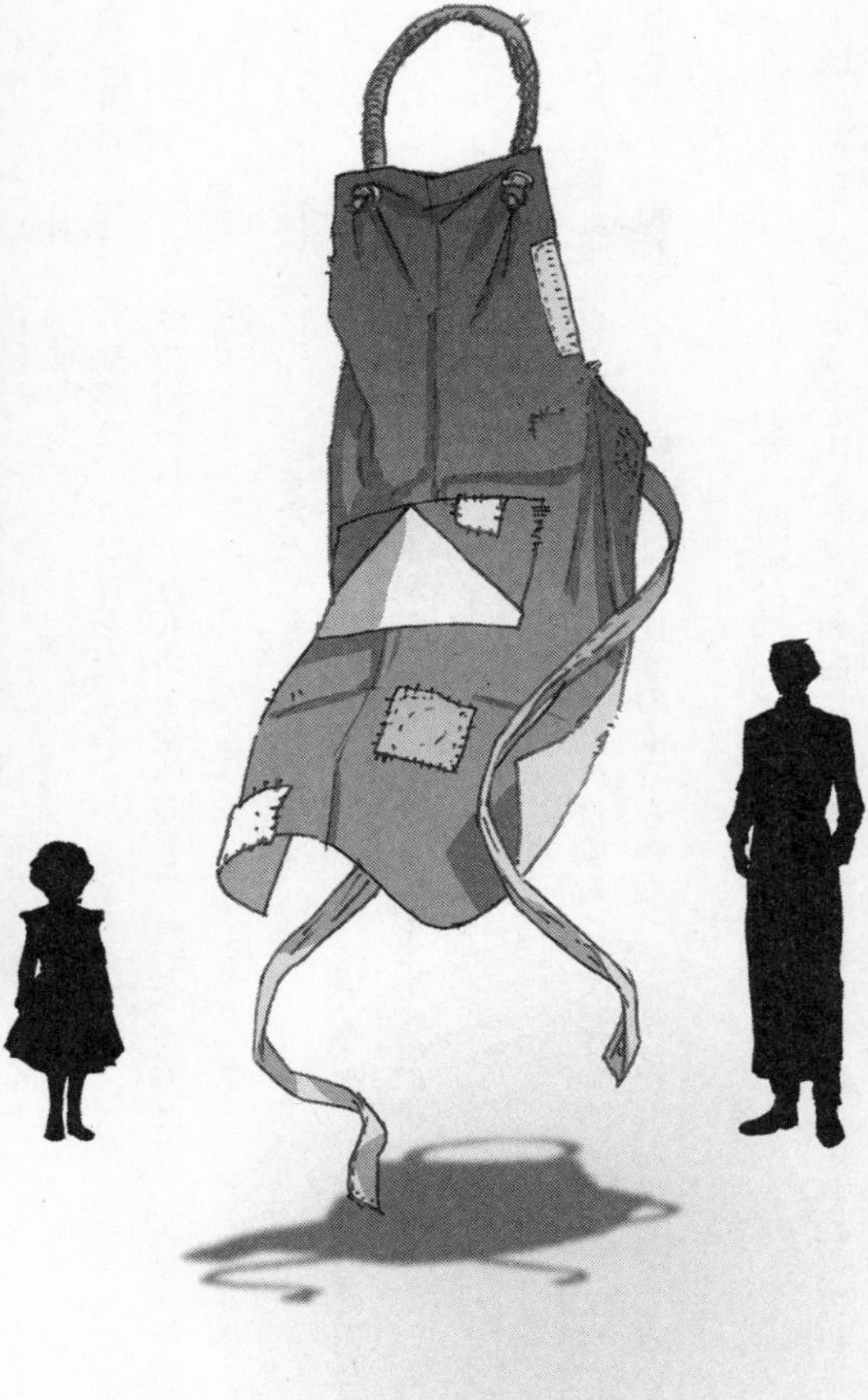

稲荷書店きつね堂の制服は、エプロンだ。

ヨモギも千牧も、以前使われていたものを使い回していて、両方とも、かなり年季が入っていた。

「エプロン、だいぶほつれてきたね」

日曜の夕方、庭に干していた洗い立てのエプロンを取り込みながら、ヨモギは言った。

「あっちこっちに引っ掛けたりするからなぁ。それに、本を大量に持つ時に、だいぶ擦れるし」

千牧もまた、擦り切れたエプロンを気の毒そうに見やる。

「お爺《じい》さんが、服は自由でいいけどエプロンだけは絶対にしなさいって言っててさ。あのお爺さんが『絶対』なんて強い言葉を使うのは珍しいなって思ったんだけど、こういうことだったんだね」

書店は戦場だ。そして、本は凶器だ。

本は早朝と午後というタイミングでお店に届くのだが、午後に納品されたものは開店中に陳列しなくてはいけない。

以前の稲荷書店であれば、お客さんのいない時間を見計らってのんびり並べられたのだが、最近は、お客さんがいない時間が少なくなっている。

お店としては喜ばしいことなのだが、お客さんがいる前で新刊を並べる機会も増えていた。

その場合、お客さんの邪魔にならないように、迅速に陳列しなくてはいけない。

しかも、本は紙の束を凝縮したようなものなので、意外に重いし、意外に強靱《きょうじん》だ。めいっぱい入れれば段ボールの底が抜けそうになるし、素手で品出しをすると指を切ることもある。

「エプロンがこれだけボロボロってことは、エプロンが無かったら、俺《おれ》の毛皮はこんな風にボロボロになってたよな」

「犬の姿で作業をするわけじゃないから、服の方かな……」

ヨモギは、力なくツッコミを入れる。

「三谷お兄さんのお店もエプロンをしてたしね。書店員さんはエプロン必須《ひっす》なんだろうなあ」

「作業着みたいなもんか」

千牧の言葉に、ヨモギは「そうそう」と頷《うなず》いた。

「実際、エプロンがあると作業しやすいしね」

「いっそ、作業着じゃダメなのかな。俺はエプロンを挟んじまうことがあるんだよな」

「作業着で接客はちょっと……」

エプロンは、作業をしつつ接客をするという書店員の理にかなったものなのだろう。先人達の紆余曲折《うよきょくせつ》を経て、今の形になっているはずだ。

「それにしても、擦り切れた今のエプロンを使い続けるわけにもいかないよな。そろそろ、隠居させてやりたいぜ」

「確かに。細かいほつれは直して来たけど、そろそろ限界かな」

「フランクフルトの怪物みたいになって来たし」

「なんて?」

ヨモギは思わず聞き返す。脳裏に巨大なソーセージのおばけを思い浮かべながら。

「フランクフルトって人が、理想の人間を作るつもりで怪物を作ってしまったっていう話があったじゃないか」

「フランケンシュタイン……」

「それだ！」

千牧はパッと目を見開いた。

「なんか違うなーって思ったんだよな」

「相当違う気がするけど、『フラン』にカ行が続くところまで合ってるんだね……」

ヨモギは、妙な共通点を発見してしまって頭を抱える。

『フランケンシュタイン』とは、メアリー・シェリーの小説だ。

ヴィクター・フランケンシュタインというマッドサイエンティストが、死体から人造人間を創造する。その創造された名無しの怪物の、悲哀な物語であった。

その怪物が、『フランケンシュタインの怪物』と呼ばれている。

現在の一般的なイメージは、縫合痕《ほうごうこん》だらけの身体《からだ》で、四角い頭からボルトが突き出ているというデザインだ。

千牧はその縫合痕と、エプロンの修繕痕を重ねたのだろう。

「フランクフルトっぽくて、シュークリームっぽいなって思ったんだよな」

惜しいな、と千牧は唸《うな》る。

「千牧君、もしかして、お腹空《なかす》いてる？」

「そうかも」

千牧がお腹をさするのと、きゅるるるとお腹が鳴るのは、ほぼ同時だった。

家の中からは、お爺さんが作っているお味噌汁《みそしる》の匂《にお》いが漂う。ヨモギもまた、自らのお腹が鳴るのに気付いた。

「他の洗濯物も取り込んで、お爺さんのお手伝いをしようか」

「だな。エプロンのことは、じいさんに相談しようぜ」

ヨモギと千牧は、急いで洗濯物を取り込むと、お爺さんが待つ家の中へと消えていったのであった。

夕飯は、野菜がたっぷり入ったお味噌汁に鶏《とり》の竜田揚《たつたあ》げだった。

千牧は「うまいうまい」とご飯と竜田揚げを口の中に掻《か》き込み、ヨモギはお味噌汁を啜《すす》ってほっこりしていた。

「ふむ、エプロンがそろそろ限界か……」

ヨモギ達の話を聞いたお爺さんは、遠い目で相槌《あいづち》を打った。

「すいません。もっと丁寧に扱えば良かったんでしょうけど……」

「いやいや、謝らないでおくれ。ずいぶんと働いてくれたんだなと、感慨深くなっていただけだよ」

申し訳なさそうにするヨモギを、お爺さんは優しく撫《な》でる。

「エプロンは消耗品だからね。私も何度も替えていたし」

「やっぱり、ボロボロになるものなんだな」と千牧は竜田揚げを咀嚼《そしやく》しながら言った。

「そうだね。いつの間にか擦り切れていて、色がすっかり変わっていた時もあってね。その度に、馴染《なじ》みの店で購入していたんだけど――」

「けど？」

ヨモギと千牧が見つめる中、お爺さんは深い溜息《ためいき》を吐《つ》いた。

「馴染みの店は、無くなってしまってね。もう、同じものは注文出来ないんだ」

「そんな……」

「世知辛《せちがら》いなぁ」

ヨモギも千牧も、しょんぼりしてしまう。

どうやら、近所に業務用エプロンを扱っていたお店があったらしいのだが、店主はお爺さんと同じく高齢で、代替わりをし損ねたらしい。体調と売り上げの関係上、ひっそりと閉店してしまったとのことだった。

「だから、新しいエプロンはヨモギと千牧に任せようと思ってね。お金は用意するから、ふたりが良いと思ったデザインのエプロンを買っておくれ」

「えっ、いいんですか？」

ヨモギの問いに、お爺さんは笑い皺《じわ》を湛《たた》えて頷いた。

「ああ。どんなエプロンが良いか、現役の書店員が決めるべきだと思ってね」

「それじゃあ、俺はカッコいいのがいいぜ！」

千牧は目を輝かせる。

「カッコいいエプロンなんてあるかな……」

「なんかこう、シャキーンとなってジャキーンって感じの！」

「鋼鉄のエプロン……」

千牧のオノマトペは、もはや、布ではなかった。

「鋼鉄のエプロンはいいな！　変形するんだ！」

「鋼鉄でも変形されても困るよ⁉」

前代未聞過ぎるエプロンだ。というか、果たして、それはエプロンだと言えるのだろうか。

「僕は、それなりに厚い素材がいいかな。本を抱える時に密着する場所だし、強度がないとすぐに擦り切れちゃいそう」

「じゃあ、鋼鉄じゃないか」

間髪容《い》れずに、千牧がさらりと言った。

「極端だよ⁉　重いし硬過ぎるし、冬は冷たそう！」

「じゃあ、銅製……？　銅って柔らかかったような……」

「金属製はやめて、布製にしない？」

ヨモギはやんわりと、ジャキーンとシャキーン要素を取り除こうとする。

「テラも一緒に考えたらいい。彼も知識が豊富だからね。現代的だし、私とは違った視点でものを見られそうだ」

ふたりの様子を微笑《ほほえ》ましげに見守っていたお爺さんは、そっとアドバイスをくれた。

「そうか。テラならば、いろいろと調べながら相談に乗ってくれるかも」

「だな！　明日、店番をしながら相談しようぜ！」

ヨモギも千牧も、お爺さんの案には大賛成だった。稲荷書店を守る者同士、知恵を出し合った方がいいだろう。

金属製のエプロンはともかく、新しいエプロンにヨモギは期待を寄せていた。

包み込んでくれるような優しさがあった今までのエプロンを引退させるのは惜しかったが、新しいエプロンでは新たな一歩を踏み出せるような気がしていた。

夕食を終え、団欒《だんらん》を過ごしたヨモギは、期待を胸にして布団にもぐる。新しいエプロンが、騒動を引き起こすとは予想もせずに。


翌朝、ヨモギと千牧は洗ったばかりのエプロンを身にまとい、売り場に立つ。

売り場にあるパソコンを起動させ、テラに挨拶《あいさつ》をし、彼にエプロンのことを相談した。

『新しいエプロンかぁ。ちょっと調べてみるよ。まずは、どんなのが売られていて、どこで買えるのかを知った方がいいだろうし』

画面に表示されたペンギン姿のテラが、ノートパソコンを取り出して、翼で器用にキーボードを叩《たた》く。

「有り難う、頼もしいよ」

ヨモギは胸をなでおろした。

『因《ちな》みに、どんなデザインがお好みかな？』

「ジャキーンとなって、シャキーンとしていて、ジャジャーンって感じのやつだな！」

千牧は得意顔になりながら割り込む。

「なんか増えてるけど⁉」

「一晩寝て、なんか足りないと思ったんだよな。それが、ジャジャーンって感じだって、さっき気付いたんだ」

「一晩寝て冷静になって、派手さが必要だと思うんだね……」

予想斜め上の千牧に、油断ならないという視線をヨモギは向ける。

『ずいぶんとユニークな効果音だけど、千牧君は、派手なやつがいいのかな』

「あと、変形するやつだな」

『変形、っと……』

一点の曇りもない眼差《まなざ》しの千牧の発言を、テラはそのまま受け取ってしまう。

「待って！　変形するエプロンだと難易度高過ぎるから！　色んな意味で！」

「それじゃあ、合体するエプロンなんてどうだ？　俺のエプロンとヨモギのエプロンが合体して――」

「合体⁉　どうなるの⁉」

目をひん剝《む》くヨモギの前で、千牧はしばしの間、天井を仰いで考え込む。

「うーん。でっかいエプロンになるなんてどうだ！」

「どうだろう⁉」

どうなるのか、どういう意味があるのか、全く想像がつかなかった。

「エプロンが変形合体する必要ある？　それはもう、アニメに出てくるようなロボットじゃない？」

『変形合体ロボット風エプロン、と……』

「やめて！」

千牧が挙げた要素を盛り込もうとするテラに、ヨモギは悲鳴をあげた。

「お客さんには人気が出るぜ！」

「一部のお客さんには喜ばれるかもしれないけど、仕事がしにくいよ！」

「そのエプロンを装備すれば、本を楽々運べるとか……」

『それはもう、パワードスーツだね』

テラは画面の中で、キーボードを叩きながら言った。

「ん？　そうなると、俺達に必要なのはパワードスーツ……？」

千牧も余計な気付きを得てしまう。

「本の陳列とか、その他諸々《もろもろ》の運搬作業にはいいかもしれないけど、接客には向かないからね。あと、予算もオーバーしそうだし」

首を傾《かし》げる千牧の背中を、ヨモギは窘《たしな》めるように撫でる。

『確かに、金属製で変形合体するエプロンは、予算を大幅に超えそうだね。それに、軽く調べてみたけれど、千牧君の要望を満たすエプロンはなさそうだ』

「そっか。それじゃあ、駄目だな……」

テラの現実的な言葉に、千牧はようやく変形合体エプロンから離れられた。

『ヨモギ君はどうしたいのかな？』

「ヨモギは布製がいいんだよな」

テラの問いに、千牧は得意顔で言った。

「エプロンは布製一択かな……。素材は厚めで、ポケットが多いと嬉《うれ》しいかも」

「ヨモギ、スリップとかカッターとか、ボールペンとかをよく入れて、カンガルーみたいになってるもんな」

千牧は、ヨモギのエプロンのポケットを軽く叩く。今も、売り場で使う道具をたんまりと入れていた。

「便利なんだよね。いちいち取りに行かなくてもいいし」

「分かる。俺、ヨモギみたいに上手《うま》くやりくり出来ないから、よく借りてるし」

千牧は何度も頷いた。

『それじゃあ、ポケットは幾つ欲しい？』

「今は大きいの一つだけど、胸にもう一つ欲しいかな。ペンを入れたいんだよね」

「もっとあってもいいんじゃないか？　ポケットだらけにするとか」

「歩くウォールポケット……」

ヨモギは、ポケットだらけのエプロンをつけた自分を想像してみたが、なかなかにシュールであった。

「ポケットがないところも残しておきたいんだよね。最近は、版元さんから販促物が送られてくることもあるから……」

「ああ！」

千牧は合点がいったように手を叩く。

稲荷書店がそれなりの売り上げを出すようになってからは、販促物として缶バッジが送られて来たり、版元の営業担当者が直接持って来てくれたりするのだ。

書店員が書影が描かれた缶バッジをつけて接客をすれば、多くのお客さんの目に留まり、店頭ポスターなどと同じような効果が得られるらしい。

「俺も俺も！　缶バッジはキラキラしてるし、カッコいいよな！」

「そうだね。缶バッジこそ、シャキーンって感じだね」

千牧が欲しかった要素もフォロー出来そうで、ヨモギは胸をなでおろす。

「でも、販促物が多い時期もあるし、出来るだけ長い期間、エプロンにつけて宣伝したいしな……。大きめの缶バッジだと、エプロンがすぐに窮屈になっちゃうし」

どうしたものか、とヨモギは思案する。すると、千牧がハッとした。

「ヨモギ！　いいアイディアが思い浮かんだぜ！」

「えっ、なに？」

「エプロンを背中にもつけるんだ！　缶バッジをつけられる面積が二倍！　ポケットも二倍！」

「なるほど！　……なるほど？」

一度は納得したヨモギであったが、すぐに違和感に気付いた。

『サンドイッチマンのようだね』

「それだ……！」

サンドイッチマンとは、宣伝用の看板に挟み込まれた人のことを指す。

宣伝用の看板は前面と背面にあり、サンドイッチマンが街中を歩けば、多くの人に宣伝内容をアピールできるというものだ。駅前の繁華街など、人が大勢集まるところに多い。

「店の中でやるようなことじゃないような……」

「ヨモギ、常識の壁を壊して行こうぜ！」

頭を抱えるヨモギの肩を、千牧は無駄に力強く叩く。

「いや、見た目がシュール過ぎるよ！　あと、後ろのポケットに物を入れたら、取り出すのが大変だよ！」

「取り出すのは俺がやるぜ！」

「千牧君の気遣いにより、業務への支障がシュールさだけになってしまった……」

これは、千牧の厚意に甘えつつ、常識の壁を壊すべきなのかとヨモギの思考は迷走する。

『両面だと、コストが二倍だね』

「それだ！　費用が二倍になるから、サンドイッチマンは無し！」

ヨモギは、肩で息をしながら安堵《あんど》した。危うく、稲荷書店が不思議空間になるところだった。

『そうなると、布が厚めでポケットを少し多くって感じかな』

「うん、そうだね。それで、二枚だけでも注文出来るところを探してくれると嬉しいな。まあ、お爺さんいわく消耗品らしいから、余剰分はストックしておいてもいいけど」

『ふむふむ。その条件なら、すぐに見つかるかも。他に、オプションはいるかな』

テラは顔を上げ、ヨモギと千牧に視線をやる。

「ならば、フリフリのヒラヒラだ！」

第三者の声が割って入る。

ヨモギはぎょっとして背後を振り返り、千牧も目を丸くしながらそれに倣った。

「何の話か知らないが、レースやフリルは必需品だろう！」

高らかな声とともに現れたのは、空よりも鮮やかな青髪の青年であった。

まさしく、フリフリのヒラヒラと表現するに相応《ふさわ》しい過剰装飾の帽子をかぶったマッドハッターの姿に、ヨモギ達は見覚えがあった。

「コバルトさん！」

「ごきげんよう！　稲荷《いなり》神の御使《みつか》いとその友人達！」

コバルトは、反り返らんばかりの長い睫毛《まつげ》が並んだ双眸《そうぼう》を見開きながら、両手を広げて挨拶をする。朝日を背にした彼は、眩《まぶ》しいほどの笑みを湛えていた。

「ちわっす、遊びに来たのか？」

千牧は人懐っこい表情を浮かべながら、コバルトを迎える。「いやいや、お客さんだってば」と、ヨモギは千牧に軽くツッコミを入れた。

「すいません、いらっしゃいませ」

「気にするな！　俺は遊びに来ただけだ！」

「ごめんなさい！　仕事中です！」

客じゃない宣言をするコバルトに、ヨモギはすみやかにお断りをする。

「ヨモギ、意外とシビアだよな」

ヨモギの勢いに気圧《けお》されながら、千牧は言った。

「接客ならばともかく、業務時間中に遊ぶのは良くないから……」

「ヨモギは律義で真面目《まじめ》だよなぁ……」

千牧はすっかり感心する。

「そんな律義で真面目な君達に、アドバイスをくれてやろう！」

コバルトは引き下がる様子もなく、むしろ、優雅に店内へと入ってきた。

「アドバイスって、僕達の制服の話ですよ？　エプロンを新調したいけど、どうしようかって相談していたところだったんです」

「じゃあ、フリフリのヒラヒラじゃないか！」

「じゃあの意味が分かりませんが！」

コバルトはフリフリのヒラヒラ一択と言わんばかりだ。

「エプロンといったら、可愛《かわい》い方がいいだろう」

「従業員としては、便利な方が有り難いですね……」

控えめながらも反論するヨモギであったが、コバルトは「ふっ」と意味深に笑った。

「接客とは、従業員のためにするものなのか？」

「はっ……！」

「従業員としての利便性だけを突き詰めると、接客の本質からそれることになるぞ！」

「そ、そうかもしれない……！」

コバルトに指摘されたヨモギは、この上ない衝撃を受けて目から鱗《うろこ》が落ち、心象風景には雷が落ちた。

「まあ、見た目は大事だよな。でも、俺はかわいいよりもカッコイイの方がいいなー」

少し不満げな千牧の方を、コバルトは勢いをつけながら振り向く。

「甘い！　シュークリームのように甘い！」

「シュークリームの怪物だ⁉」

「君は従業員だが、俺は客だ！」

「確かに！」

千牧は一瞬にして、言いくるめられてしまった。コバルトがつい先ほど、客じゃない宣言をしたことをすっかり忘れていた。

『そうなると、フリフリのヒラヒラな可愛いやつを発注すればいいのかな？』

話がまとまったらしい雰囲気を感じたテラは、画面の中で首を傾げる。

だが、「いいや」とコバルトは首を横に振った。

「俺が作る」

「まさかの、お客様のお手製……⁉」

ヨモギと千牧は息を呑《の》む。

「俺が、この店に相応しく可愛らしいエプロンを作ってやろう！　インスピレーションも湧《わ》いてきたことだしな！」

コバルトは勝手に盛り上がり、ヨモギ達はすっかり彼の雰囲気に呑まれていた。

だが、そんな店内に影が差す。

「待ちたまえ」

「その声は……！」

ねっとりとした低い男の声だ。

一同が店の入り口に視線をやると、そこには中折れ帽を目深にかぶった紳士が佇《たたず》んでいた。

爽《さわ》やかな朝日に似合わぬ退廃的な空気を漂わせ、気だるげな眼差しで一同を見つめている。

「アスモデウスさん！」

「やあ、息災かな」

アスモデウスが軽く帽子を持ち上げると、羊と牛の角が顔を覗《のぞ》かせる。

「それなりに息災ですけど、お買い物ですか？」とヨモギはアスモデウスに駆け寄る。

「立ち寄っただけだが、本を探すのもいいな」

「じゃあ、お客さんだ。いらっしゃいませ！」

千牧もまた、「いらっしゃい！」と笑顔でアスモデウスを迎える。

「立ち寄っただけってことは、何処《どこ》かに行く途中なんだよな？　こんな朝早くにどこへ行くんだ？」

千牧は意外そうに首を傾げる。意外なのは、ヨモギも同じだった。

「失礼かもしれませんけど、アスモデウスさんは夜行性っぽいので、用事がないと朝に活動しないものかと思ってしまって……」

「その認識は間違いじゃない。だが、これから目的地に向かおうというわけではない。今日の吾輩《わがはい》は、朝帰りでね」

アスモデウスは、意味深な笑みを浮かべた。

「神田の夜の街で一体何を……」

「なぁに、少しはしゃぎ過ぎただけさ」

「分かるぜ。夜遅くまでキラキラしてる店が多いから、駆け回りたくなるよな！」

千牧は、純粋な瞳《ひとみ》でアスモデウスを見つめる。アスモデウスは、少し眩しそうに目を細めながら、「君はそれでいい」と言った。

「何の用だ、アスモデウス」

コバルトは仁王立ちになりながら、つんとした態度でアスモデウスに問う。

「言っただろう。立ち寄ったついでに本でも見ようと思ったのさ。まあ、一番の理由は、マッドハッター殿が世迷《よま》いごとを述べていたから、店員達が不憫《ふびん》だと思って声をかけたんだがね」

「可愛いエプロンの、どこが世迷いごとだと言うんだ」

　そのやり取りを聞いていたヨモギは、やっぱり可愛いエプロンは世迷いごとなのではと正気に戻るものの、コバルトに意見するほどの気力はなかった。

「君の趣味の可愛いエプロンなど、この店には似合わない。やはり、ここはカッコよく――」

「だよな！」

　千牧が目を輝かせる。

　だが、アスモデウスの言葉には続きがあった。

「且《か》つ、レトロさを活《い》かして渋く、ダンディズム溢《あふ》れるエプロンがいいだろう」

「難しいな！」

　一度は同意したものの、千牧にとって渋さを理解するのは難易度が高かったらしい。

「わびさびみたいなもんか？　そういうのなら、ヨモギ向けかもな」

「僕をなんだと……？　渋いのは好きだけど、僕が好きなのは苔《こけ》むした和風だからね。アスモデウスさんのダンディズムとは、ちょっと違うかも」

「そうだな。彼の好みほど高齢者向けではない」

　アスモデウスは頷く。「好みが高齢者……⁉」と、ヨモギは些《いささ》かショックを受けていた。

　だが、コバルトは「ふん」と鼻を鳴らす。

「アスモデウスの好みは、中年向けだな」

「そう言う君は、女児向けだろう」とアスモデウスも負けじと張り合う。

『ふむ。いよいよ、混沌《こんとん》としてきたね』

　完全に傍観を決め込んでいるテラは、実に楽しそうだった。

「おっさんも女の子も、お客さんとしては大歓迎だよな」

　千牧は、頭を抱えるヨモギに話を振る。

「まあね。中年男性はたくさん本を買ってくれるし、女の子は親御さんを連れて来てくれることが多いから……」

「よし、それならば勝負だ！」

　コバルトは唐突に叫んだ。それならば、の意味はヨモギには分からなかった。

「俺はヨモギを、アスモデウスはチマキをコーディネートするんだ。そして、優れたコーディネートの方を、稲荷書店の新しい制服にしよう！」

「ええっ⁉」

　あまりの予想だにしない展開に、ヨモギは目を剝いた。

「いいじゃないか。面白そうだ！」

　千牧はやる気満々だった。

「だが、誰《だれ》が審査をする？　ここは平等でなくては面白くないな」

アスモデウスも挑戦的に笑う。

そこで、画面の中のテラがぴょこんと手を挙げた。

『投票制にしてはどうかな。お客さんにどちらがいいか決めて貰《もら》えばいい。なにせ、接客業だしね』

「素晴らしい！」とコバルトは絶賛する。

「民主主義的な考え方でいいんじゃないか」とアスモデウスも納得する。

「民ではなく客では……」

ヨモギは小声でツッコミを入れるが、誰の耳にも入っていないようだった。

「というか、作業のしやすさは何処に……」

「安心しろ！　ポケットがあればいいんだろう？」

コバルトはヨモギの肩を抱き、上機嫌で言った。

「まあ、ポケットはあった方がいいですね。色々入る大きいのが一つと、胸にペンを入れられるようなのを一つ……」

「では、大きいポケットはハート形にしよう！」

「なんで⁉」

ヨモギは悲鳴じみた声をあげる。

「なんでって、可愛いからだ！」

コバルトは自信満々だった。

「可愛さは、ハート以外でも表現出来るのでは……」

「ふむ。スペードやクローバーは作り甲斐《がい》があるかもしれないな。ダイヤはシンプルで物足りないが」

「コバルトさん的には、トランプの柄モチーフが良いんですね……！　でも、そう考えるとハート形が一番使いやすいような……」

ヨモギは、コバルトの発言が理にかなっているように思えてきた。疑問を持ちつつも、コバルトのペースに呑まれていく。

そんな様子を眺めながら、千牧は問う。

「アスモデウスも、自分で作るのか？」

「いいや。生憎《あいにく》と、吾輩に裁縫の才はなくてね。オーダーメイドになるだろうな」

アスモデウスは、千牧の頭のてっぺんから爪先《つまさき》までを舐《な》めまわすように見つめる。

「ふむ。君は上背もあって男前だからな。何を着ても見栄《みば》えがするだろう」

「俺、カッコいいってことか？」

「ああ、勿論《もちろん》だとも」

アスモデウスが深く頷くと、千牧はパッと表情を輝かせた。

「ヨモギ！　俺、カッコいいってさ！」

「そっか、良かったね」

そうやって、はしゃぐ姿が可愛いんだけどな、と思いつつも、ヨモギは素直に微笑んだ。

『それで、勝負はいつするんだい？』

テラが尋ねると、コバルトとアスモデウスは顔を見合わせた。

「マッドハッター殿は、何日で衣装を作れるのかな」

「一日だ！」

コバルトは自信満々で人差し指を立てる。だが、それも一瞬のことだった。

「いや、実際は最短で三日だな。四日あれば、更にクオリティを上げられそうだが」

「吾輩のお抱えの仕立て屋も、そのくらいの日数があれば充分だろうな。では、四日後にしようか」

「望むところだ」

コバルトとアスモデウスは、モデルになる店員達の都合などお構いなしに決めてしまう。火花を散らすふたりに、もはや、入り込む隙《すき》はなかった。

『ふむふむ、四日後だね。金曜日だし、お客さんも多いからやり甲斐がありそうだ』

画面上のテラは、ノートパソコンを弄《いじ》る。

「何をしているの？」

『SNSで告知をしようと思って。審査員が多い方がいいだろう？』

「流石《さすが》はテラ！」

ヨモギはポンと手を叩く。

「この対決をイベントということにすれば、集客を見込めて売り上げもアップするかもしれない……」

「お、ヨモギも燃えてきたようだな」

別の方向で燃えるヨモギを、コバルトは感心したように眺めていた。

「でも、大丈夫か？」

「どうして？」

千牧は、店の奥にあるカレンダーを眺めていた。

「四日後って言ったら、午後の便でたくさん新刊が入ってくる日だろ？　新刊の点数が多いレーベルの入荷日がかぶってるし、めちゃくちゃ売れる作家の新刊も多いって言ってたじゃないか」

「はっ……！」

ヨモギは正気に戻る。

カレンダーのその日には、びっしりとメモが書き添えられていた。入荷する新刊のレーベルと点数、そして、目玉になる新刊、どれもが修羅場を容易に想像出来るものだった。

お客さんが多ければ多いほど、店内では身動きが取れなくなり、新刊の陳列が困難になる。

とてもではないが、ファッション対決などしている場合はない。

「ちょ、ちょっと待って！　全体的にちょっと待って！」

ヨモギが慌てて制止するが、テラはエンターキーを押した体勢のまま固まっていた。

「もしかして、告知を送信しちゃった……？」

『早い方がいいと思って……』

ヨモギが、稲荷書店のSNSのアカウントを見てみると、『稲荷書店きつね堂　ドキドキ☆ファッション対決』というイベント名と詳細が書かれた投稿は既に送信され、フォロワーに拡散されていた。

「ああああ……！」

ヨモギはその場でくずおれる。

どうやら、フォロワーの注目度が高い情報だったようで、あっという間にはるか彼方《かなた》へと拡散されてしまう。稲荷書店を知らない人まで興味を持ち、『なにこれ、面白そう』というリプライがついていた。

「ここまで拡散されたら、取り消すのも申し訳ないしな……。アカウントの信用度も落ちそうだし……」

「安心しろ、ヨモギ！　俺が絶対に勝たせてやる！」

肩を叩くコバルトの手は頼もしいものだった。

だが、ヨモギにとっての越えたい壁は、アスモデウスと千牧ではなく、その日の新刊だった。

「新刊が多いのならば、イベントで集客すれば売り上げも跳ね上がるのではないかな」

項垂《うなだ》れるヨモギの反対側の肩を、アスモデウスが軽く叩く。

「アスモデウスさんが言うことは全く間違ってないんですけど、肝心の、作業をするのは僕達なので……」

ヨモギは消え入りそうな声でそう答えながら、頭の中で必死になって思い描く。

お客さんがたくさんいる狭い店内で、ファッションショーをしつつ、いかに新刊を並べるか、と。

「いっそ、マネキンじゃ駄目ですかね……」

「駄目だ。マネキンに着せてしまったら、自分達が着た時の感触が分からないし、本末転倒じゃないか」

コバルトは腰に手を当てながらダメ出しをする。

「ううう、妙なところでまともだ……」

ヨモギは頭を抱えながら願う。

いっそのこと、夢でありますように、と。

「ということがあったんですよ」

ヨモギは、神保町のランドマークと化している新刊書店のウッドデッキのベンチに座り、書店員の三谷に一連の出来事を話した。

昼休みの三谷は、コンビニのパンを口にしながら、ヨモギの話に耳を傾けていた。

「へぇー、そんなことがね。二柱の魔神による世紀の戦いじゃないか。なんで、俺は金曜日にシフトが入ってるんだろうな」

三谷は深い溜息を吐く。

ヨモギもまた、ガックリと項垂れた。

「見物に来た三谷お兄さんに手伝ってもらう作戦は失敗か……」

「いやいや。あの店に書店員が三人入るのはきついだろ。動けなくなるぞ」

三谷の言うことは尤《もっと》もだ。すでに、ヨモギと千牧でいっぱいだというのに。

「それにしても、イベントを動画サイトでライブ配信しないのか？　アーカイブを残しておいてくれよ」

「嫌です！」

それどころではないヨモギは、全力で断る。

「でも、動画サイトで話題になったら、お客さんも増えるんじゃないか？」

「う、ううう……！」

稲荷書店のお客さんを増やしたいヨモギは、頭を抱えて葛藤《かっとう》する。

そんなヨモギが気の毒になってか、「それはさておき」と三谷は話題を変えた。

「あのふたりがどんなエプロンを用意するにしろ、強度がないとな。オシャレな制服程度だと、書店員の仕事に耐えられないぞ」

「やっぱり、そうですよね……」

三谷が働いている書店も、書店員は当たり前のようにエプロンを着用している。

「あっ、でも、女性はベストとスカートの人もいたような……」

「ああ。社員はそれが制服だったからさ。でも、最近はもう少し自由になってパンツスタイルでもよくなったし、ベストも着なくてよくなったぜ」

「へぇ、そうなんですね」

「あのベストとタイトスカート、見た目はいいけど機能的じゃないみたいだしな。新刊を並べる時に、段ボールの中から何十冊も積み上がった本を持ち上げるだろ？　その時、踏んばり難《にく》いんだってさ」

「でしょうね……」

本の束を持ち上げる時、両足で大地をどっしりと踏みしめなくてはいけない。そうなると、やはり足の動きが制限されない方がいいのだ。

「あと、あっちこっちボロボロになるしな」

「ですよね……」

ベテラン且つ前線でバリバリ働いている書店員さんの制服は、完全に歴戦の戦士のような風格が漂っていたという。

「やっぱり、書店員の制服は消耗品なんですね……」

「動き回るし、硬い紙に接することが多いし、どうしてもそうなっちゃうよな。何も知らない人から見たら、優雅なインテリの仕事だと思われてそうだけど」

「ほぼ肉体労働ですもんね。やっぱり、作業着が欲しいなぁ」

溜息を吐くヨモギに、「それな」と三谷は同意した。

「でも、俺達は接客業でもあるしなぁ……」

「ですよね。なんか、不思議な職業ですよね……。肉体労働をしつつ、どう置いたら売れるかと頭を悩ませて頭脳労働をしつつ、笑顔で接客をしなくてはいけないっていう……」

「その全《すべ》てをクリアする制服が、エプロンだったんだな」

三谷は感慨深そうに、空を仰ぐ。ヨモギも、つられるように青空を見上げた。

「金曜日の怒濤《どとう》の新刊発売日、俺はイベントが無くても逃避したい気持ちで溢れているんだけど、ヨモギはもっと大変だな」

「三谷お兄さんでも、あの量は厳しいんですね……」

「うちは、二階の新刊台と一階の平台《ひらだい》に出さなきゃいけないからな。午後便で来るから開店中に並べないといけないし、どっちのフロアもお客さんのお問い合わせが多いから、どれくらい時間がかかるか分からないんだ」

「ああ。売り場が多フロアに分かれてると大変ですね」

「売り場が一つでも大変だろ？　場所が限られてるから、工夫しなきゃいけないし」

「その辺は、事前になんとか……」

前日にやっておけることは前倒しをしよう。三谷と話しながら、ヨモギは強く決意する。

「なんにせよ、対決イベント当日は、ヨモギ達の業務に支障が出ないことを祈るぜ」

「はは、有り難う御座います。なんかもう、全部夢だったらいいんですけど」

ヨモギは乾いた笑みしか浮かべられなかった。

しかし、三谷と喋《しゃべ》っている間も、胸の中の嫌な予感は渦巻き続けたのであった。

やはり、夢であるように願ったことは、夢ではなかった。

イベント当日、開店前の店内に、コバルトはお手製のフリフリのエプロンを持って来てくれた。

「うわ……」

「どうだ、可愛いだろう！」

コバルトは興奮気味に、純白のエプロンを披露する。

ヨモギの背格好に合わせたエプロンは可愛らしいサイズで、縁《ふち》には満遍なくフリルがつけられている。ハート形のポケットとペンが差し込めるようなポケットもついているのだが、どちらもレースでこんもりと飾られていた。

「僕が着るのか……これを……」

コバルトにエプロンを渡されたヨモギは、ほとんど言葉が出なかった。

「可愛過ぎて言葉を失ったようだな」

「まあ、間違っちゃいませんけどね……。それにしても、こんなに可愛らしさが爆発したエプロン、普通の服を着ていたら浮くんじゃあ……」

「それについては問題ない。ヘッドドレスも用意した」

コバルトは得意顔で、リボンがふんだんに付いたヘッドドレスを取り出した。

「それはもう、ロリータファッションなのでは⁉」

「そうだとも」

「そうだとも⁉」

ヨモギはこぼれんばかりに目を剝く。

「さあ、開店する前にさっさと装着するんだ。客に見せつけてやろう！」

ヨモギが悲鳴をあげている隙に、コバルトはテキパキとヨモギにエプロンを着せてしまう。

エプロンの裾《すそ》はふわりと広がるようになっており、正面から見るとスカートを穿《は》いているようにも見えた。

「ひぃぃ」

「うひーー！」

「歓喜の叫びか！　喜んでもらえて、俺も嬉しいぞ！」

姿見の前で悲鳴をあげるヨモギに、コバルトは嬉々《きき》として両手を広げた。

「お爺さんには絶対に見せられない姿だ……。いや、誰にも見せられない姿だ……」

「おっ、可愛いじゃん」

頭を抱えるヨモギを、着替え終わった千牧がひょいと見に来た。

「ぎゃー！　こんな姿になった僕を見ないで！」

「なんで隠すんだよ。似合ってるのに」

膝《ひざ》を抱えてエプロンを見せまいとするヨモギに、千牧は不満げだった。

「こんなフリフリなの、恥ずかしくて……」

「自分の新たなる可能性だと思えばいいんじゃないか？」

「こんな可能性を知りたくはなかったよ……！」

ヨモギは嘆きつつも、千牧の方をチラリと見やる。だが、すぐに絶句した。

「ち、千牧君……！」

「ん？　俺のエプロンもアレかな。ちょっと締め付けがきついんだよな」

千牧はもどかしそうにエプロンを摘《つ》まんでみせる。

そのエプロンは光を吸い込むほどの漆黒で、高級感が漂う布地で作られていた。

丈の長いソムリエエプロンで、一揃《ひとそろ》えと思《おぼ》しき漆黒のベストとよく似合っている。ネクタイを締め、髪をきっちりと撫でつけた姿は、やんちゃな千牧とは思えないほど決まっていた。

「カッコいいよ！　なんか、すごく！」

千牧はパッと表情を輝かせる。

「本当か⁉」

「やはり、吾輩の見立て通りだったな」

千牧の後ろからアスモデウスが現れる。彼もまた、コバルトとほぼ同時に稲荷書店にやって来たのだ。

「千牧君に似合ってますよ、とっても！」

ヨモギは興奮気味に伝える。得意顔になるアスモデウスの傍らで、千牧はヨモギにサムズアップを返した。

「ヨモギもめちゃくちゃ似合ってるぜ！」

「ええー……」

コバルトはふんぞり返っているが、ヨモギは不満げだ。

「残念そうな顔するなよ。可愛いのに」

「うーん……」

あまりにもダンディな姿の千牧を前に、ヨモギはきゅっと可愛過ぎるエプロンを摘まむ。

「でも、似合ってるか似合ってないかはともかく、このエプロン、動きにくそうだな」

千牧は落ち着かなそうに、身じろぎをしてみせる。

「確かにね。三谷お兄さんが言うには、ベストはあんまりって感じだったし……。僕のは白いから、汚れも目立っちゃうし……」

ヨモギもまた、千牧にだけ聞こえるような小声で言った。

「新刊、どうするんだ？」

「新刊の配置は昨日の夜にまとめたから、あとは細心の注意を払いつつ、迅速且つ慎重に並べるしかないよ……」

「俺、出来るかなぁ……」

慎重という単語が出た瞬間、千牧は自信なげになってしまう。

そんな中、コバルトの声が響いた。

「ほら、開店時間だぞ！」

「ひえぇぇっ」

「行くぞ、ヨモギ。覚悟を決めようぜ」

悲鳴をあげるヨモギを激励しながら、千牧はシャッターを上げる。

穏やかな朝日が店内に射し込む中、ヨモギは店の前にずらりと並ぶお客さんの姿を認識した。

「か、開店前で並んでる⁉」

「可愛い〜！！」

ヨモギの悲鳴は、お客さんの歓声にかき消された。

SNSの告知を見てやって来たのか、男女問わず若いお客さんが多い。その人だかりを見て、興味を持った年配のお客さんが、背後から顔を覗かせていた。

「ひぃ、いらっしゃいませ……！」

ヨモギは恥ずかしさのあまり、ぷるぷると震えながらも接客をする。

「昼休みを早めに貰って来ちゃった。ヨモギ君、とっても可愛いね」

「ぎゃっ、兎内《とうち》さん！」

人ごみの中から顔を出したのは、日頃《ひごろ》からお世話になっている兎内さんであった。

彼女の姿を見ると笑みがこぼれるはずのヨモギであったが、今日は悲鳴が漏れてしまった。

「SNS見たよ。面白そうなイベントだと思って。だから、みんなと来たの」

兎内さんの背後には、鶴見《つるみ》さんと鷹野《たかの》さんがいた。ヨモギは一気に意識が遠のくのを感じる。

「この本屋さん、今日は特に強い気配を感じるのよね……。妖気《ようき》が渦巻いているような気がする……」

鶴見さんはエプロンのことをそっちのけで、コバルトやアスモデウスを眺めていた。

「うわっ！　ヨモギ君、その衣装ヤバい。性癖に刺さる！」

鷹野さんは、嗜好《しこう》に一致するという意味のスラングを発しながらヨモギの前で悶《もだ》えていた。

「ねえ、スマホで撮ってもいい？」

「嫌です！」

ヨモギは即答した。

「ちょっとくらい良いでしょう？　せっかくコンテストをしているんだもん。みんなに見て貰わないと、ね？」

「なんか、息が荒くないですか⁉」

浅い呼吸を繰り返しながら迫りくる鷹野さんに、ヨモギは恐怖を覚える。

「ちょっと、ヨモギ君が怖がってるでしょう?」

兎内さんが鷹野さんの前に立ちふさがるが、鷹野さんは兎内さんを押しのけてヨモギを撮影しようとする。

「男の子が恥じらいながら可愛い服を着ているというのがいいのよ！　このヨモギ君をSNSで公開して、全国の男女の性癖を歪《ゆが》めてやるわ！」

「なんか怖いこと言ってる！」

熱弁する鷹野さんを前に、兎内さんとヨモギは震えた。鷹野さんは、性癖を嗜好というニュアンスで使っているので、とんでもない宣告である。

「さあ！　どちらのエプロンがいいか、このボードにシールを貼《は》りたまえ！」

ボードを携えたコバルトが、一同の前に遠慮なく割り込む。

テラがウェブ上のフリー素材を駆使して作ってくれたボードには、ヨモギの枠《わく》と千牧の枠がある。お客さんには一人一票の投票権があり、良いと思った方の枠にシールを貼るのだ。

コバルトからシールを受け取りつつ、兎内さんは迷う。

「うーん。ヨモギ君も可愛いけど、千牧君もカッコいいよね」

千牧は既に、人だかりに呑まれていた。やはり女性客が多いが、男性客もまた、一歩下がったところで何やら満足げに頷きながら千牧を眺めている。

「千牧君は男の人にも人気ですごいなぁ……」

「そうだね。でも、ヨモギ君だって」

「えっ？」

兎内さんの視線に促され、ヨモギは自分を取り囲むお客さんを見やる。

ほとんどが可愛い物好きと思われる女性であったが、その中で、ふっくらとした若い男性と、ひょろりとした若い男性が鼻息を荒くしていた。

「男の娘《こ》キタコレ……！　三次元でまた、こんなに可愛い子に会えるなんて！」

「ドゥフフ、隆文《たかふみ》殿はいい趣味でござるな。蕾《つぼみ》のような少年を見守るのが我らの役目……！」

秋葉原《あきはばら》によくいるタイプの、濃い二人組であった。

「もしかして、このふんわりエプロンがスカートだと思われている……？」

「実質スカートでしょ、それ」

鷹野さんは断言しながら、手首のスナップを無駄に利かせてヨモギの枠にシールを貼った。

「アスモデウスはベストも用意したしな。俺もちゃんとしたスカートを用意すればよかった」

「しなくて良かったですよ⁉」

不満げなコバルトに、ヨモギはツッコミを入れた。スカートまで穿いてしまったら、もはや、趣旨が行方不明だ。

一方、ボードを持っているコバルトや、傍観を決め込むアスモデウスを胡乱《うろん》な眼差しで見ていた鶴見さんは、二択を迫られて、「私はデザインが落ち着いている方がいいんですよね」と千牧に投票した。

「あとは私だけか……」

兎内さんはシールを指先に貼ったまま、ボードの前で固まっていた。

「ヨモギ君も可愛いけど、千牧君もカッコいいし、白黒つけられない……。二票になればいいのに……！」

「残念ながら、一人一票のようで……」

無理にやらなくても、とヨモギは兎内さんを気遣う。

だが、それを尚更《なおさら》心苦しく思ったらしい。兎内さんは堰《せき》を切ったように咆哮《ほうこう》した。

「うわあああっ！　こうなったら、半分にして二分の一票にするしか！」

「シールを破こうとしないでください！」

兎内さんはシールを二つにしようとしたのを止められて、さんざん悩んだ挙句、ヨモギに投票して仲間とともに会社へと帰って行った。

ボードを見ると、ふたりとも接戦だった。パッと見ただけでは、どちらが優勢か分からないほどだ。

お客さんは次々とやってきて、投票しては入れ替わる。普段、店に入らない人までやって来て、シールをぺたりと貼って帰って行った。

「うーん、千客万来なのは有り難いんだけど……」

通りすがりの人の中にも、店内に入って買い物をしてくれる人がいた。レジは忙しく、制服のマネキンのように立つ時間も次第に無くなって来た。

「なんか、暑いよな」

「うん、暑い」

店内の熱気と、店頭とレジを頻繁に往復しているせいか、ヨモギも千牧も汗だくになりつつあった。

小走りや大股《おおまた》歩きになるたびにエプロンがずれてしまうのは、フリルなどのオプションが意外と重いせいかもしれない。一方、千牧のエプロンは身体にピッタリ過ぎるせいか、息苦しそうに舌を出して浅い呼吸を繰り返している時もあった。

そうしているうちに、お昼になる。

周辺のオフィスがランチタイムに突入し、会社員達が神田の街に吐き出される時間だ。

当然、稲荷書店が賑《にぎ》わう時間でもある。

いつも、ランチタイムを見計らってやって来る常連さんが、ぽつぽつと顔を出す。「今日は賑わってるなぁ」とか「あれ、制服を変えたのか?」とか、物珍しそうな顔をしながら通勤の時や休憩中に読むであろう本を探す。

そんなお客さんの向こうで、見慣れたトラックが停《と》まった。

「もしかして……新刊……？」

ヨモギと千牧は固唾《かたず》を呑む。

トラックには取次の名前が書かれていて、降りてくるドライバーは見慣れた人であった。

もしかしなくても、新刊だ。

ヨモギと千牧は青ざめつつも、ドライバーから新刊が入った段ボールを受け取り、伝票のやり取りをする。「いつもと違う格好ですね」とツッコミが入ったが、ふたりは上の空だった。

「いつの間にこんな時間に……」

「今日やる分の新刊の準備、ほとんど出来てないよな……」

いつもならば、新刊を置く場所を確保しているのだが、今日は、そんな余裕はなかった。

今からやろうにも、人が多過ぎてスペースがない。

「ヨモギ、新刊の配置図は⁉」

「これ！」

ヨモギは、奥の壁に仮止めしていたメモ用紙を、千牧に渡す。

「これがあれば、どの本をどかして、どの本を入れるか分かるな！」

「空いた段ボールにどかした本を入れていこう！　新刊と一緒にならないように気を付けて！」

「すいませーん」

ヨモギと千牧は、慣れない制服で踏んばりつつ、段ボールから新刊の束を取り出す。

そんなタイミングで、お客さんからのお問い合わせが来た。

「はい、何をお探しですか！」

ヨモギは走るたびに翻るエプロンを押さえつつ、お客さんのもとへと向かう。お客さんは、携帯端末の画面をヨモギに見せた。

「この本を探しているんです。入荷してますか？」

「今並べます！」

まさに、今入ってきた新刊だった。

「えっ、なんかすいません。別に、適当に出してくれればそれでいいんで」

お客さんは申し訳なさそうに微笑む。段ボールの状態でもいいと暗に言っているようなのだが、ヨモギは首を縦に振れなかった。

段ボールのまま出すというのはお客さんに申し訳ないというのが一番であったが、段ボールの中から持って行くのを許可してしまうと、同じようなお客さんが大挙して段ボールを取り囲み、新刊を陳列する作業どころではなくなるだろう。

なにせ彼らが欲しがっているのは、人気作家の大人気シリーズの新刊だからだ。そのシリーズが入荷しそうだと踏んだお客さんが、そわそわしながら次々と来店していた。

「ヨモギぃ、この新刊って発売日前だよな。出して大丈夫なのか？」

「この文庫は協定品じゃないから大丈夫。いっそ協定品だったら、発売日の開店までに並べれば良かったんだけど……」

「そうしてると遅いんだっけな……」

発売日厳守の協定品ではない場合、早く出せばそれだけ売り上げが上がりやすくなり、遅く出せばそれだけチャンスを逃すことになる。

稲荷書店のような小さなお店は、その差が命取りになる可能性があった。

「とにかく、早く出さないと！　千牧君は例の新刊をお願い！　僕は、他の新刊を進めておくから」

「了解！」

ヨモギと千牧は、手分けして新刊陳列の作業をしようとする。だが——。

「すいません、探している本があるんですけど」

「店員さん達が素敵な格好してるから、今日は奮発していっぱい買っちゃいますね！　だから、配送をお願いしたいんですけど！」

「あのー、この本を家人から頼まれたんですが、ありますか？」

お問い合わせや会計処理などが、次から次へと押し寄せる。その度に、「はい！」「今すぐに！」とヨモギと千牧は店の中を何回も往復した。

「やばい。新刊の陳列が終わらないどころか、何をしているのかが分からなくなって来たよ……！」

「俺もだ……！」

ヨモギと千牧は目が回る勢いだ。そんな状態なので、フリルを平積みに引っ掛けたり、しゃがみ作業から立ち上がろうとした時に、長いエプロンを踏んづけて転びそうになったりしていた。

そんな中でも、少しずつ新刊を並べていた。

だが、目玉の新刊は並べた先からお客さんの手に取られる。

「同僚から聞いたから飛んで来たけど、もう稲荷書店に新刊が入ってるとはね」

「近所で買えるなんてラッキー」

「スタンプカードがもうすぐいっぱいになるんだ。今回も、ちゃんと押してくれよな」

お客さん達は笑顔で新刊を買っていく。いつもならば、その様子をニコニコと見守るヨモギであったが、今は笑顔を張り付けるので精いっぱいだった。

そして、お客さんを見送った先から、「この新刊の前の巻はどこですか？」というお問い合わせが飛んでくる。

「えっと、見覚えがあるような……って、さっきどかした先月の新刊だ！　シリーズ連続刊行だったんだ……！」

ヨモギは慌てて、奥にどかした先月の新刊を探しにいく。ほどけたヘッドドレスが顔にかかったが、ヨモギは無意識のうちにむしり取った。

放《ほう》り出されたヘッドドレスは、ひらひらと虚《むな》しくコバルトの帽子に引っかかる。それを手に取りながら、コバルトは言った。

「ふむ、なかなか忙しそうだな。エプロンのコンテストもままならないし、俺が手伝ってやろうじゃないか！」

「吾輩も傍観を決め込むほど薄情ではなくてね。どれ、力を貸してやろう」

アスモデウスもまた、てんてこ舞いのヨモギと千牧に歩み寄ろうとする。

だが、ふたりは同時に振り返った。

「おふたりはお客さんなので！」

「じっとしていてくれ！」

鬼気迫るヨモギと千牧に、流石のコバルトとアスモデウスも「おっと」と口を噤《つぐ》む。

「戦場に素人が入ると危険なんです！」

「そうだぞ！　段ボールで手を切ったり、お客さんにぶつかったりするかもしれないからな！」

ヨモギと千牧はもどかしさのあまり、動きにくいエプロンやベストを脱ぎ捨てて作業を始めた。

店内にところせましといるお客さんの間を巧みに縫い、新刊を次々と並べつつ、テラの力を借りながら会計処理をして、お客さんの問い合わせを捌《さば》いていく。

その戦士さながらの姿に、コバルトとアスモデウスはすっかり感心していたのであった。

ようやく店内が落ち着いたのは、日がすっかり暮れてからであった。

オフィスの就業時間を終えて帰宅する人達が稲荷書店に寄り、新刊を買って満足そうに帰宅する背中を見送ったところで、ヨモギと千牧はへなへなとその場にへたり込んだ。

「いやはや、見事なものだったな。よくぞ、戦場を切り抜けたものだ」

アスモデウスは、激戦を潜《くぐ》り抜けた戦士達に称賛を送る。

「票がすっかり割れてしまったな」

ボードにはみ出さんばかりに貼られたシールを眺め、コバルトはいささか残念そうだ。

どうやら、同票だったらしい。

「これは、もう一戦するしかないかもしれないな。そうでないと、稲荷書店のエプロンが可愛くならない……」

「そう言えば、新しいエプロンを決める話でしたね……」

ヨモギにはもはや、立つ気力が残っておらず、床にぺったりと座り込んでいる。千牧に至っては、犬の姿に戻って床に這《は》いつくばっていた。

問題のエプロンは、本棚の横に引っ掛けて放置されている。接客だけならば役立つかもしれないが、どう考えても作業向きではなかった。

どちらになられても困るし、二戦目で同じようなデザインのものが来ても困る。

いや、コバルトもアスモデウスも負けず嫌いなようだし、更に過激なエプロンになったらどうしようか。

「過激なエプロンって、意味が分からないけど……」

ヨモギは自分の思考に頭を抱える。いずれにしても、二戦目はやりたくない。

「……今更気付いたんだけど、ヨモギの方が勝ったら、俺もフリフリのエプロンを着るんだな……」

千牧は這いつくばったまま、消え入りそうな声を出した。

「なんか、すごい絵面になりそうだね……。いや、一周回って可愛いのかもしれないけど」

「あんなにヒラヒラした紐《ひも》が視界に入ったら、俺は追いかけちゃうぜ……」

「ああ……、犬の本能……」

犬が自分の尻尾《しっぽ》を追いかけまわして、ひたすらグルグル回る動画を見たことがあった。

勤務中にいきなり犬に戻ってしまったら、それこそ大事故だろう。

「千牧君が着ていたやつはカッコいいんだけど、僕が着こなせる自信はないかな……」

「あのエプロンは長いから、ヨモギは引きずるんじゃないか……？」

「いや、さすがに長さの調整はしてもらえると思うけど、千牧君と僕じゃ等身が違うからね。あの長くてカッコいいシルエットが全然活かせないと思う」

子どもが背伸びをして、ウエイターのコスプレをしていると思われかねない。それはそれで、可愛いエプロンとは別方向で恥ずかしい。

「どうにか、二戦目を阻止して穏便に終わらせないと……」

だが、コバルトは既に二戦目のエプロンのデザインを考え始めているし、アスモデウスも何やら闘志を燃やしながら携帯端末を弄っている。オーダーメイドで更にダンディなエプロンを作ってくれそうな仕立て屋を探しているのだろう。

「あの、すいません」

「ひぃ！」

入り口の方から声をかけられ、ヨモギは思わず悲鳴をあげる。度重なるお問い合わせが、すっかりトラウマになっていた。

だが、そこに立っていたのはお客さんではない。大きめの封筒を手にした運送会社のドライバーだった。

『あっ、来たようだね』

どうやら、テラが頼んだものらしい。ヨモギは言われるままに代引きの代金を支払い、大きな封筒を受け取った。

「どうしたの、これ」

『いいから、開けてみてよ』

ヨモギは最後の気力を振り絞り、のろのろと封筒を開ける。千牧も顔を上げてそれを眺めていた。

「一体何が……って、これは……！」

「まさか……！」

ヨモギと千牧の顔に、生気が戻る。

封筒から出てきたのは、エプロンだった。

しかも、稲荷書店で今まで使っていたエプロンと同じような優しい緑色で、大きなポケットとペン差し用の胸ポケットがついている。

『要望を踏まえたエプロンをネットで見つけて、発注しておいたんだ。もちろん、予算以内に収まるようなやつをね』

パソコンの画面の中で、ペンギン姿のテラがお茶目にウインクをする。

千牧は人間の姿に戻り、ヨモギと一緒に顔を見合わせて、エプロンをしげしげと眺めて涙した。

「シンプルなエプロンだ……！」

「やっぱり、作業をするならこれだよな！」

ヨモギと千牧はパソコンに駆け寄ると、「ありがとう！」と画面越しにテラに抱きつく。

「やれやれ、吾輩達の負けだな。マッドハッター殿」

ヨモギと千牧の何人《なんぴと》たりとも割り込めないほどの感動っぷりを目の当たりにしたアスモデウスは、コバルトをからかうように小突く。

だが、コバルトは目を見開いてこう言った。

「そうか！　ヨモギとチマキはシンプルなエプロンが泣くほど好きだったんだな！　それならば、可愛いエプロンを強要するのは野暮というものだ。好きなエプロンを存分に楽しむといい！」

「……そういう話か？」

アスモデウスは眉間《みけん》を揉《も》むが、コバルトに何を言っても無駄だと判断したのか、それ以上のツッコミを入れなかった。

ヨモギと千牧は、早速、テラが通販で取り寄せてくれたエプロンを身にまとう。今まで使っていたエプロンとさほど変わらぬ佇《たたず》まいでありながらも、新しい服独特の糊《のり》の香りがした。

「うんうん。やはり、見慣れた姿が一番だね」

「お爺さん、いつの間に！」

お爺さんが、店の奥からヨモギ達の様子を見守っていた。新しいエプロン姿を見て、お爺さんは満足そうに頷いている。

『日中も、ちょいちょい手伝いに来てくれていたよ。ふたりが忙しそうなのを見かねてね』

「休みながら、だがね」とお爺さんはテラに付け足す。

「ひえぇ……、そうとは気付かずに……」

「爺さんにまで手伝わせちまうなんて……」

ヨモギと千牧はひれ伏すが、お爺さんはふたりに顔を上げさせる。

「いいんだよ。今日は大盛況だったからね。いつもと違うふたりの姿も見られたことだし」

お爺さんの優しい笑みに、ふたりは目頭が熱くなる。

ヨモギと千牧が感動の涙を拭《ぬぐ》う中、お爺さんはコバルトとアスモデウスに目を向けた。

「そろそろ夕飯の支度が終わるので、よろしかったら、おふたりも召し上がって行ってください。年寄りの味付けなので、お口に合うか分かりませんが」

お爺さんの誘いに、アスモデウスは恭しく首を垂《こうべ》れる。

「お招き頂き、光栄の至り。吾輩は和の民族料理の味付けも好むところであり、そのようなご謙遜《けんそん》など――」

「パーティーだ！　皆で盛り上がるぞ！」

高揚したコバルトの声が、アスモデウスの口上を遮った。

「……マッドハッター殿、吾輩の言葉を遮らないで頂けるかな?」

顔を引きつらせるアスモデウスであったが、コバルトはつんとして返した。

「回りくどいことを言わず、ミソスープが好きで食べたいと伝えればいいじゃないか」

「吾輩は、礼節を重んじたいものでね……!」

「はっはっは。賑やかな食卓になりそうですね」

睨《にら》み合うふたりを眺めながら、お爺さんは朗らかに笑った。

「案外、お爺さんが最強なのかもしれないな……」

千牧はヨモギに耳打ちをする。

「僕もそう思った……」

癖が強いふたりを前にしても全く動じないお爺さんに、ヨモギは驚異と敬意しか湧かなかった。

何はともあれ、丸く収まってくれて良かったとヨモギは胸をなでおろす。

やはり、今まで使っていたようなエプロンがいい。シンプルかつ機能的で、稲荷書店にピッタリの優しい色合いのデザインが一番だ。

新しいエプロンはまだ硬い。繰り返し使えば、柔らかくなって身体に馴染むだろう。

「末永く、宜《よろ》しくね」

ヨモギがエプロンにそう語りかけると、外から舞い込んだ風がエプロンをそっと揺らし、頷いたように見えたのであった。

第三話　火車、天使と救済の形を考える

人間は猫に甘い、と火車は思う。

猫を見つけると、猫以上に猫なで声を出しながら近づいて来る者もいる。そこには警戒心の欠片《かけら》もない。

何故《なぜ》、そんなに猫に甘いのか。

人類は古くからイエネコを家畜として扱って来たから、遺伝子レベルで猫を愛玩《あいがん》すべきと思っているのかもしれない。

猫もまた、遺伝子レベルで人の保護を必要とするのと同じだ。

闇《やみ》に生きる自分は夜に紛れる黒い毛並みだが、真っ白だったりぶちだったり、野生で生き延びるのは難しい毛色の猫も多い。

犬も同じように家畜として扱われているが、彼らの方がまだ恐れられている。

体格の差なのだろうか。犬に噛《か》まれたら大ケガをすることもあるが、猫に噛まれても惨事に至らない。

ぼんやりとそんなことを思いながら、火車は自分を構おうとする人間を塀の上から見つめていた。

火車に遠慮がちに手を伸ばそうとしているのは、くたびれた中年男性である。

火車の毛並みも同じくらいくたびれているというのに、男性は子どものように目を輝かせて火車を見つめている。

「猫ちゃ～ん……触っていいかな～？　怖くないからね～。ちょっと撫《な》でるだけだからね～」

男性は少しずつ距離を詰める。

おおかた、動物と触れ合って日頃《ひごろ》のストレスを発散させたいのだろう。アニマルセラピーという言葉もあるくらいだ。

果たして、不吉を運ぶアヤカシ相手でも、その癒《いや》し効果はあるのだろうか。

「ナァン」

やめておけ、という警告を込めて、火車は鳴く。出来るだけ、陰鬱《いんうつ》な響きで。

だが、男性は火車の声を聴いた瞬間、エビぞりになった。

「ひぃぃ！　ネコチャンかわいいぃ！　撫でていいって言ってくれたぁぁ！」

「………」

喜びのあまり悶《もだ》える男性を見て、火車は思わず口を噤《つぐ》む。

きっと、重症レベルで猫が好きなんだろうな、と悟った。

こういう人には、なにを言っても無駄だ。仮に人語で警告をしても、ろくに聞いてもらえない。

猫は愛玩するものだという認識が強過ぎるせいだ。

恐らく、その猫が普通の猫だろうとアヤカシだろうと、ロボットだろうと変わらないのだ。

「ありがとう猫ちゃん！　今週はもう、散々だったんだ！　部下がミスを隠して大惨事になるし、上に死ぬほど怒られるし、家では娘に『お父さんの下着と私の服を一緒に洗わないで』って言われるし、もう限界だぁぁ！」

男性は大きな手で火車の頭を鷲掴《わしづか》みしようとするが、火車はそんな手をするりとかわした。

「猫ちゃん⁉」

「ニャーン」

猫カフェにでも行け、と火車はアドバイスを残し、塀の反対側へと身を隠した。

男性は頭を撫でるつもりだったのだろうが、撫でられる義理はない。男性の境遇に同情はするが、撫でられて喜ぶ趣味もなければ、献身の心もない。

塀の向こうでは、男性が嘆いていた。

可哀想《かわいそう》なことをしたかもしれないという罪悪感もあるが、愛玩と称してもみくちゃにされるのは嫌なのだ。

火車は静寂を好む。

穏やかであったり、静かであったりする人間のところでは、なんとなく足を止めてしまう。

「俺《おれ》も結局のところ、イエネコのようなものなのかもしれないな」

火車は生来のアヤカシだが、猫の姿をしている以上、実際の猫の生態に引きずられてしまうのだろう。

不吉なアヤカシだという自覚があるから、人との関《かか》わりを避けて独りでいようとする。

それでも、いつの間にか人のそばにいるのだから。

空は黄昏《たそがれ》色に染まっていた。

今晩は、何処《どこ》へ足を向けようかと火車は悩む。出来るだけ、静かに過ごせるところがいい。

そうなると、二十時を過ぎると人通りがぱったりと途絶える神保町がいいだろうか。だが、神保町も回り尽くしたので、もう少し足を延ばしてみてもいいかもしれない。

火種のことも気になるし、敢《あ》えて人気が多い場所に赴くのも選択肢の一つかもしれないが。

人々が帰路につく中、火車は今晩の活動場所を探して歩き出す。

夜になれば闇に紛れられるから、先ほどのようにむやみやたらと絡まれることもなく、気軽でいい。

東京の街は少しずつ夜に満たされていき、黒い毛並みの火車はその中に溶けていった。

完全に日没する頃《ころ》には、彼に気付ける人はほとんどいなくなっていた。

「ん？」

ふと、火車は焦げ臭さが漂っているのに気付く。

これは、物理的な焦げ臭さではない。災厄である火種のにおいだ。

火車はそのにおいに導かれるように歩き出す。必要ならば、警告をしなくてはいけないから。

しばらく歩くと、少し広い公園に辿《たど》り着いた。災厄の火種は、その中から感じる。

「おい、待てってば！」

若い男性の声に、火車は思わず振り向いた。

すると、首輪をつけた若いぶち猫が走ってくるではないか。

よく見れば、それを追っている人間らしき若者がいた。声は、彼が発したものだろう。

おおかた、飼い猫と散歩をしていたら、抱っこしていた腕からすり抜けて、いきなり走り出したというところだろうか。

ままある光景であったが、火車はあることが気になった。

若者の気配が、ただ者ではない。更に言えば、人間ではなかったのだ。

ぶち猫は、公園の入り口に佇《たたず》む火車の前で立ち止まる。

「にゃーん」と挨拶《あいさつ》をしてきた。律義で、人懐っこい猫だった。

「ルカ」

追いかけて来た若者が、ぶち猫をひょいと抱える。ぶち猫の名は、ルカというらしい。

「いきなり飛び出したら危ないじゃないか。万が一、車に轢《ひ》かれたら僕は……」

若者はそこまで言って、急に言葉に詰まって洟《はな》をすすり始めた。愛猫が事故に遭《あ》った場面を想像してしまい、悲しくなったのだろう。

「というか、どうしていきなり僕の腕から逃げたんだ？　ここに何か——」

若者は、ようやく火車の存在に気付く。

火車を認めたその瞬間、若者の凛々《りり》しい顔がほころんだ。

「猫ちゃん！」

先ほどの中年男性と全く同じ目をしていた。

若者はしゃがみ込んで出来るだけ火車の目線に合わせ、ルカを抱えながら手をワキワキさせる。

「さ、触っても構わないか？　少しだけ……少しだけでいいから……！」

「触る前に、お前が何者か名乗るべきではないか？」

火車は思わず口を開く。若者は、ぎょっとして目を見張った。

「ね、猫ちゃんが喋《しゃべ》っ……魔の者の気配！」

若者はきりりと表情を正すものの、既に緩んだ表情を見せた今、手遅れだった。

若者の服装は特徴的だった。

西洋の軍服を思わせるデザインで、若者の真面目《まじめ》そうな雰囲気と相まって、独特の世界観を築き上げている。

ただし、その腕にはぶち猫を抱えているが。

「僕は風音《かざね》。トーキョー支部所属の天使だ！　貴様、猫の姿をして人心を惑わすつもりだな⁉」

風音と名乗った若者は、いきなり自分を天使と称した。

何の力もない者が聞けば、一笑に付してしまうような発言だろう。だが、火車は納得してしまった。

風音のまとう雰囲気は、あまりにも神聖なのだ。

それは、弱き魔の者を一掃しそうなくらいに強く、火車にとっても眩《まぶ》しいくらいだ。

ここは日本だが、教会もあるし、聖書を読んだことがある人間だってたくさんいる。アヤカシの自分がいるくらいだし、天使がいてもおかしくないだろう。

「天使となると、西洋の神の御使《みつか》いか。つまりは、ヨモギのような立場の者……か」

「ヨモギ……？　何者だ、そいつ」

一人納得する火車に、風音は怪訝《けげん》な顔をする。

「稲荷神《いなり》の御使いだ。産毛のようにフワフワした毛並みの小さな狐《きつね》だな」

「なにそれかわいい」

風音はつい、手をワキワキさせてしまう。

「くっ、僕は誇り高い天使だが、そんなに可愛《かわい》い生き物じゃない……！　何故、我々はモフモフではないんだ……！」

風音はがっくりと項垂《うなだ》れる。ルカは彼を慰めてか、前足の肉球で額をぺちぺちと叩《たた》いていた。

「そちらの信仰は、ヒトを中心としているからだろう。だから、天の者もヒトの姿になる。こちらは八百万《やおよろず》に神が宿っているとされるから、ヒトの姿であったり動物であったりするのだろうな」

「ぐぬぬぬ、八百万マウントか……！」

風音は悔しげに歯噛《はが》みをする。よほど、モフモフでないことが応《こた》えたのだろう。

「で、お前は何のモフモフ……じゃなかった、何者なんだ。その気配、神の御使いというわけでもないだろう」

風音は鋭い目つきで火車に問う。

火車は、尻尾《しっぽ》をゆらりと揺らしてからこう答えた。

「俺は火車。火種を見つけて警告する存在だ。アヤカシやモノノケと呼ばれるものだな」

「火車か……。名前くらいは聞いたことがあるな。罪人の死体をさらう魔物だったはずだが」

「それは過去のことだ」

火車は特に否定せず、淡々と頷《うなず》いた。

「まあ、気配は魔物のそれだが、人心を惑わす悪行をするわけではないようだな。罪人をターゲットにしていた辺りは、ダークヒーローのようなもの……か？」

「正義を行いたかったわけではない。俺がそういう存在というだけだ」

火車は、顔色一つ変えずにそう言った。

「ストイックだな。まあ、悪事を行わないなら見逃してもいいだろう」

風音はひとしきり頷くと、「ところで」と話を切り替えた。

「お前のアヤカシ名は分かった。だから、個人名を教えてくれないか？」

「個人名？」

火車は、初めて怪訝そうな声をあげる。

「そうだ。お前の『火車』というのは、僕における『天使』のようなものだろう？　ルカだって、『猫』だがルカという名前がある」

「俺は特にない」

火車は、間髪を容《い》れずに答えた。

「お前……！　夏目漱石《なつめそうせき》の『吾輩《わがはい》は猫である』気取りか……！」

慄《おのの》く風音に、火車は首を横に振る。

「俺は自分を火車である以外の何者でもないと思っている。それに、あちらこちらで色々な名前で呼ばれているから、特定の名前を名乗るつもりはない」

そもそも、喋る機会がなければ名乗る機会もない。

こちらが伝えなければ、人間は思い思いの名前で呼びたがる。火車は、それはそれで別に構わないと思っていた。

「つまりは、『いっぱいあってな』ということか……」と風音なりに納得したようだ。

「質問はもう終わりか？　俺は行くぞ」

火車が立ち去ろうとすると、「待て」と風音が呼び止める。

「どうして、ここをうろついていたんだ。お前の性格や特性的に、モフモフで人心を惑わすつもりではないようだが……」

風音に問われ、火車はすんと鼻を鳴らした。

「火種のにおいがするから」

「火種の？　それは……」

風音が前のめりになって問おうとしたその瞬間、「にゃーん」とルカが鳴き、風音の腕からするんと抜け出した。

「ルカァァ！」

全力で公園の中へ疾走するルカを、風音は悲鳴じみた声をあげながら追いかける。火車は、一瞬にしてひとり取り残された。

「なんだったんだ……」

風音と名乗った天使は真面目そうだが、愛猫が何よりも大事なのだろう。ルカもそれなりに風音に懐いていたようだし、いい関係を築けているに違いない。

まあ、ルカの方は多少自由過ぎるきらいはあるようだが。

「ん？　あのふたりが消えていった方は……」

火車はもう一度、鼻をすんと鳴らす。焦げたようなにおいは、間違いなく彼らが走っていった方から漂っていた。

元々そちらの様子を見るつもりだったのと、ルカと風音の様子が気になったので、火車は火種のにおいを頼りに公園内を往《い》く。

すると、公園の片隅に、控えめな段ボールハウスがうかがえた。そして、風音の後ろ姿も。

どうしたのかと、火車は歩み寄る。

すると、段ボールハウスのすぐ近くに、擦り切れた衣服をまとった老いた男性がしゃがみ込んでいた。

その周りを、数匹の猫が取り囲んでいた。ルカもその中に交じって、ちゅるちゅるする餌《えさ》を貰《もら》っている。

「あわわわ、すまない。うちのルカには、ごはんをちゃんとあげているんだが……」

風音はすっかり低頭して、ルカを餌から引き剥《は》がそうとする。

だが、老人の皺《しわ》が刻まれた手がそれを制した。

「構わないよ。この餌、猫ちゃんが夢中になるようだしね。その代わりに、ひと撫でだけさせて貰えれば」

「ひと撫でくらいならば……」

風音が「いいか、ルカ」と問うと、ルカは「にゃあ」と鳴いた。ルカなりに彼らの会話内容を理解したらしく、それは了承の鳴き声であった。

許可を得た老人は、ルカの背中を手の甲で優しく撫でる。

「いい毛並みだね。よほど大事にされているんだろうなぁ」

「ふふん、それはもちろん。僕の大事な家族だからな」

風音は得意顔でふんぞり返る。その間、ルカは心地よさそうに撫でられていた。

周りの猫達も、老人にすっかり懐いている。餌を食べ終わった後も、彼の周りで毛づくろいをしたり、寝っ転がるものもいるくらいだ。

「あなたはいつも、こうして猫にごはんをあげているのか？」

猫達の様子を見渡しながら、風音が問う。

すると、老人は少し寂しげに微笑《ほほえ》んだ。

「ああ。ここが、私の家のようなものだからね」

「ここが家？」

風音は、段ボールで作られた粗末な家を見つめて、怪訝な顔をする。

「こんな家では、雨風もろくに凌《しの》げないだろう。せめて紙ではなく、木の家に住んだらどうだ？」

「雨風が凌げる木の家に住むお金が、ないんだよ」

老人はルカから手を離し、空を仰ぐ。

夜空には、灰色の雲がぽつぽつと浮かんでいた。すぐに雨が降るほどではないだろうが、何とも不穏な空模様だった。

「お金が、ない？」

「君は、私の話を聞いてくれるのかい？」

老人は寂しそうな瞳《ひとみ》のまま、しかし、少しだけ嬉《うれ》しそうな視線を風音に向けた。

「迷える子羊を導くのも、僕の役目だからな。存分に話すといい」

風音の態度は尊大であったが、腰が曲がった老人に目線を合わせるようにしゃがみ込んでいた。

「ボランティア活動にでも従事しているのかな。こんな老人の話を聞いてくれるなんて、本当に有り難いね。後学のためにならないような話で、申し訳ないけれど」

老人はそう前置きをする。

風音は耳を傾け、火車は一歩引いたところで闇に紛れながら、その話を聞いていた。

「私には、長年連れ添った妻がいたんだ。でも、その妻が病気になってしまってね。働きながら看病をしていたんだが、こちらもそれなりの年だし、なかなか上手《うま》く行かなかった。入院させられれば良かったんだが、その頃から貧乏だったんだ……」

妻は無理をしながら看病をする夫に、申し訳ないと毎日のように謝っていた。そんな妻を病院に入れてやれなくて、老人も申し訳ないと思っていた。

そうしているうちに、看病の甲斐《かい》なく妻は亡くなってしまった。老人も体調がたちまち悪くなり、仕事が出来なくなってしまった。

「他にも、色々とあってね。借りていたアパートの家賃も払えなくなって、今はこうして路上生活さ」

老人は、自嘲《じちょう》気味にそう言った。

「若い頃に、妻と二人で猫を飼っていたんだ。だから、猫を見るとどうしても餌をやってしまう。捨てられた猫も、多いしね……」

「成程《なるほど》。そんな事情が……」

風音は、真摯《しんし》な表情で老人の話を聞いていた。その後ろで聞いていた火車もまた、自然とうつむいてしまう。

老人は、行く宛《あて》がない猫に自分を重ねているのだろう。彼の思い出と境遇が、猫を愛《め》でる行為に繋《つな》がっているのだ。

老人は、二、三度咳《せ》き込んだが、話を続ける。

「妻がいなくなった直後は、もう、生きていても意味がないと思っていたけれど、それじゃあいけないと、この子達が教えてくれたんだ」

老人は、くつろぐ猫達を見つめる。

「猫達が、生きる意味を？」

「ああ。私がいなくなったら、この子達を世話する人間がいなくなってしまうからね。だから、この子達を引き取れるような住まいを探しているんだ」

「成程。守るものが出来たんだな」

風音の言葉に、「そうだね」と老人は頷いた。

「飼う以上、去勢手術もしなきゃいけないからお金は沢山かかるけど、自立支援を受けながらも少しずつお金を貯《た》めているんだよ」

老人は、ふと段ボールハウスの中を見やる。

段ボールハウスの奥に、巾着《きんちゃく》のようなものが置かれていた。彼の貯蓄は、そこに大事に保管されているのだろう。

「そうか……」

「話を聞いてくれて有り難う。若者と話したのは久しぶりだよ。君と話が出来て、本当に良かった」

「これも、僕達の役目だからな」

風音はルカをひょいと抱えると、静かに立ち上がった。

彼は、老人と二言三言交わすと、ルカとともにその場を離れる。火車もまた、老人に気付かれる前に風音の後を追ってその場を去った。

「天使というからには、力を行使するのかと思ったが」

「あの人間には必要ない。彼は、自分の手で未来を切り開こうとしているからな」

風音は思うことがあったのか、ルカをじっと見つめていた。

「去勢手術……必要なんだろうか……。しかし、それは摂理に反しているのでは……」

「摂理に従って増えた猫の面倒を見られるのならば、そのままで構わないだろう。そうでないのならば、不幸な猫を増やさないためにも手術をする必要があるだろうな」

火車に言われ、風音は「ぐぬぬ」と唸《うな》った後、勢いよく首を横に振った。

「受け入れる！　僕はルカの子どもなら、いくらでも面倒を見てやる！　休息の時間を削《けず》れば、猫の世話ももっと出来るしな！」

「……飼い主が倒れてはしょうがないと思わないか？」

至極真っ当な火車のツッコミに、自らの休息を犠牲にしようとした風音は「うぐ」と言葉に詰まっていた。

「それにしても、気になるな……」

「あの、ちゅるちゅるするごはんか？　ルカもまっしぐらだったし、あれは魔性のごはんだ……」

深刻な顔をする風音に、「違う」と火車は鋭いツッコミを入れた。

「あの老人から、火種を感じた」

「なんだと……？」

「近い未来、災いが降りかかるかもしれない」

「……お前、嫌なことを言うな」

風音は露骨に顔をしかめる。

「そういうアヤカシだからだ。だから、忌《い》み嫌われるし魔物扱いされる」

火車はたいして気にしておらず、淡々とそう言った。すると、風音は更に顔をしかめて、眉間《みけん》に深い皺《しわ》を刻む。

「不吉な予言を信じるのは癪《しゃく》だが、あの迷える子羊のことは気になるしな。風邪《かぜ》をひいていないか、定期的に様子を見に来るか」

「そうするといい」

「その言い方も、なんか癪だな。お前は偉ぶってない割に、塀の上から目線というか……」

風音は苦虫を嚙《か》み潰《つぶ》したような顔をしつつ、火車と別れる。ルカは「ナァーン」と律義に火車に別れの挨拶をし、火車もまた鳴き返してやった。

翌朝、火車は老人の様子を見に行く途中で、稲荷書店きつね堂の横を通りかかった。

「あっ、火車」

祠《ほこら》の前で掃除をしていたヨモギが、塀の上を歩く火車の姿を目敏《めざと》く見つける。

「ヨモギか。息災そうだな」

「お陰様でね。火車はどう？」

「それなりだ」

他愛のない会話を交わし、火車はその場を去ろうとする。だが、つい、ヨモギと祠にいる狛狐《こまぎつね》の片割れ——カシワに視線が釘付《くぎづ》けになってしまった。

「な、なに？　僕達がなにか？」

ヨモギは緊張気味に尋ねる。

「いや。昨日、天使に逢《あ》ってな」

「へぇ?」

ヨモギはピンと来ていないらしく、首を傾《かし》げた。

「聖書に登場する類《たぐい》の存在だ。お前達と姿形は違うが、立場は似ていたなと思ってな」

「天使って、あの神様の使いの……⁉」

ヨモギは目を丸くする。

「そうだ。何だと思ったんだ」

「いや、モフモフしたものを愛するあまり、そういうのを天使と表現したのかと思って。でも、火車はそんな言い回しをしそうにもないし……」

それで、首を傾げていたという。

「天使はモフモフした存在であるお前に羨望《せんぼう》を抱いていたな」

「えっ、その天使さんに僕のことを話したの⁉」

「産毛のような毛並みの持ち主だと伝えておいた」

「そんなに毛並みがいいかなぁ……」

ヨモギは手にした箒《ほうき》を抱きつつ、そわそわし始める。

彼の足元には、木の葉が沢山落ちていた。祠の屋根にもついていたので、火車は前足で器用に取り払ってやる。

「あっ、有り難う。昨日の夜、ちょっとだけ雨が降ったみたいでさ。風も強かったから、あっちこっち葉っぱだらけで」

「……そうだったのか」

火車は、老人の家が吹き飛ばされていないか心配になる。

――深夜にちょっとだけ、な。通り雨だったみたいだけど。

カシワは、おでこにくっついた濡《ぬ》れた葉っぱをヨモギに取ってもらう。

「深夜は屋内にいた」

――それは良かった。短時間とはいえ、風が強かったからな。俺は石じゃなかったら飛ばされてたし、祠は爺《じい》さんがこまめに手入れをしてなかったら、屋根が吹っ飛んでいたところだった。

石像のカシワは、微動だにせずに溜息《ためいき》を吐《つ》く。

「木製の祠で屋根が飛ばされそうならば、段ボールは飛んでいるかもしれないな……」

「段ボールの祠がどこかに……？」

ヨモギが首を傾げる。

「いいや。段ボールで作った家で寝起きしている人間に会ってな」

「そっか。それは、おうちがない人だね……」

ヨモギは同情的な面持ちになる。どうしても事情があって、そういう暮らしをしている人達のことは知っていた。

——段ボールは意外と強度があるらしいけど、人間の方は、そうはいかないからな。石でもない限り、ちゃんとした屋根の下で暮らした方がいいんだろうなぁ……。

身体《からだ》が石で出来たカシワもまた、心配そうな声をあげる。

「一応、自立支援を受けて生活費を貯めているそうだ」

「そっか。それならよかった……。お客さんが話してたのを聞いたんだけど、雑誌を売ってお金を貯めることも出来るんだって」

「雑誌を売る？　本屋のようにか？」

今度は、火車が首を傾げる番だった。

「そこまでガッツリしたのじゃなくて、駅前みたいな人通りの多いところで手売りをするんだよ。イギリスで始まった取り組みで、おうちがない人達に施しではなく仕事を提供するんだって」

「手売り……。ふむ、駅前でロゴ入りの服を着て雑誌を掲げている人間を、見たことがある気がする」

「そう、それみたい！　そのお客さんは取り組みを知って雑誌を購入したらしいんだけど、内容も面白かったって」

「雑誌――本が、物理的に行き場を失った人間も救っているんだな」

本を読んだ人間が精神的に救われる話は、様々なところで聞いたことがある。だが、本は火車が思った以上に、人と人を繋げているらしい。

「彼が知らないようならば、それとなく教えておこう」

「うん、それが良いと思う。僕達も、役立てそうだったら手を貸すから」

「感謝する」

火車はヨモギにぺこりと頭を下げると、老人のもとへと向かった。ヨモギ達に余計な心配はさせまいと、火種のことを胸に秘めながら。


幸い、段ボールの家は無事だった。

老人は出かけているようで、火車はにおいを頼りに老人を探した。まだ、火種のにおいが漂っていたからだ。

老人が向かった先は、駅前だった。

火車が老人の姿を探していると、見覚えがあるロゴ入りの服を着て雑誌を掲げる老人の姿があった。

どうやら、雑誌販売のことは知っていたらしい。

火車は胸をなでおろしつつ、遠目に様子を見ていた。だが、人々は通り過ぎるばかりで、なかなか足を止めない。

東京では、よく見かける光景だ。有名企業が無料配布するサンプルですら、目もくれない人達もいる。

東京は人が多くて情報が多過ぎて、みんな忙しくて脇目《わきめ》など振っていられないのだ。

そんな中でも、老人は購入者を待ち続けた。

そうしているうちに、身なりを整えたビジネスマンが立ち止まり、財布から小銭を取り出して雑誌を買って行った。老人は何度も頭を下げ、ビジネスマンは軽く会釈をして駅の中に消えていった。

「人の身でありながら、狛狐さながらの辛抱強さだな」

その日は、何事もなく終わった。

それから、火車は老人の様子を見るのが日課になった。

風音も気になったようで、行く先々で鉢合わせることも多くなった。

彼らにひっそりと見守られつつ、老人は路上で雑誌を売り、コツコツとお金を貯めていた。体調が悪い時には、支援施設を訪ねて寝床を提供してもらっていた。

ある日、風音は老人から雑誌を購入し、ビルの陰から遠目に眺めている火車のもとまでやって来た。今日はルカを抱えていない。留守番をさせているのだろう。

「お前、また来ていたのか」

「それはこちらの台詞《せりふ》だ」

「この雑誌を買うと彼らの支援になるというから手に取ってみたんだが、なかなか面白いぞ。同僚にも勧めてみた」

風音は、雑誌を広げて火車に見せてくれる。

社会問題について取り上げた記事や、科学的な記事、身の回りの何気ないことについて書かれた記事など、内容はなかなかに濃かった。

「俺は金銭を持たないからな」

支援は出来ないという旨を、火車は遠回しに言った。

「その辺は猫と変わらないというわけか。まあ、神保町に本が好きそうな連中がいるし、会った時にでも教えてやるか」

天使の風音は伝説で天使がよく使う奇跡の力とやらを使わず、口コミという堅実な方法で老人を助けようとしていた。

火車はつい、遠い目をしてしまう。

「おい、どうした」

「いや、俺が出来るのは火種を見つけることと、警告することくらいだなと思っただけだ」

災いを防ぐ力はない。ヨモギが持っていたような火伏《ひぶせ》の力もないし、彼の友人である千牧のように家を守る力もない。

だからこそ、魔物に分類されるアヤカシなのだろう。

「魔物のようなものだから、仕方がないんじゃないか？」

火車が正に気にしていることを、風音はズバッと言った。思わず目を伏せる火車であったが、風音の言葉には続きがあった。

「だが、警告出来れば、災いだって未然に防げるだろうな。お前が不吉なことを言わなかったら、僕はこうしてあの人間を気にかけていないし」

老人の魂は気高さを失っておらず、自立していると風音は判断していた。だから、あの時に火車が警告をしなければ、特に積極的にかかわることはなかったという。

「迷える子羊を救うのはこちらに任せておけばいい。僕達は、そういう存在だしな」

風音は尊大にふんぞり返るものの、火車には気遣いが感じられた。

「気を遣わせたな」

「は？　べ、別に、気を遣ったわけじゃないぞ！　当たり前のことを言っただけだ！」

風音はムキになって否定する。図星なんだろう、と火車は心の中で納得した。

「このまま、何事もなく過ぎればいいんだがな。しかし、災厄からの救済はノルマに加算されるが、未然に防止したのは証明が難しいからな……。もし、このまま何事もなかったら、お前が証人になってくれ。そうじゃないと、ノルマが稼げない」

「ノルマ？」

「僕達はノルマを課せられているんだ。成績が良ければ昇進の見込みがあるが、悪いと堕《だ》天《てん》という名のリストラが待っている」

風音は、ぐったりした様子で溜息を吐く。だからと言って、老人を見捨ててノルマ稼ぎに行くほど、彼は薄情ではないらしい。

「世知辛《せちがら》いものだな。俺でよければ、証言しても構わない」

「本当か⁉」

風音はぱっと表情を輝かせるが、ハッと我に返り咳払《せきばら》いをする。

「それと、ついでに、その毛並みも触らせてくれると助かる」

「お前の愛猫に比べたら、くたびれた毛並みだが……」

「くたびれ加減はどうでもいいんだ。猫ちゃんを撫でたかどうかが問題なんだ……！」

風音は真剣な表情だった。

そんな彼に、火車はあることを思いつく。

「ふむ。ひと撫で五百円として、お前から貰った金銭で老人の雑誌を買えば、俺にも支援が出来るわけか……」

「ま、魔物の発想だ……！」

「彼の災厄を防ぎたいのは俺も同じで、お前とふたりで監視を行うのは意味がある。それにともない、証言をするのもいいだろう。しかし、撫でられるのは別だ。俺にメリットがない」

淡々と語る火車に、「ぐぐぐ……」と風音は悔しそうに唸る。

「たしかにお前の言い分は一理ある……。だが、僕が魔物と取引をするのは……！　しかし、それが結果的にあの人間のためになるなら……！」

風音は、頭を抱えて本気で悩み始める。

そんな風音をほったらかしにして、火車は老人のことを眺めていた。通行人が立ち止まり、雑誌を購入する姿を見つめながら、早く災厄の可能性が去るようにと。

それから数日後、火車はすっかり暗くなった街中を歩いていた。

彼が以前、よく通っていた小説家の家に赴いていたのだ。街中で彼を見かけた時、元気がなくて項垂れていたので、家までついて行って弱音を聞いてやった。

彼は弱音を吐きつつも、自分で考えを整理して、最終的には納得がいく結論を見つけられていた。

誰《だれ》かに話すことで解決出来る悩みだったようで、火車も安心して彼と別れた。

彼からは火種のにおいはしない。だから、しばらくは問題ないはずだ。

問題は、あの老人である。

火車が例の公園の近くまで来ると、ひりつくような気配を感じた。それと同時に、むせかえるほどの焦げ臭さも。

「なっ……！」

火車が急いで公園に駆けつけると、一匹の猫が飛び出してきた。

老人の周りに集まっていたうちの一匹だった。白猫であったが、目の上がひどい火傷《やけど》をして赤黒くなっていた。

「なにがあった！」

火車が尋ねると、白猫はかすれた声で鳴いた。あの人を助けて、と。

火車は、白猫とともに公園の奥へと駆ける。

すると、数人の若者が、老人を取り囲んでいた。

彼らの足元には、火がくすぶっているタバコが落ちていた。白猫の火傷は、それを押しつけたものだろう。

若者達は、老人に罵声《ばせい》を浴びせていた。老人は地べたにうずくまり、ピクリとも動かなかった。

理不尽な暴力の痕跡《こんせき》を目にした火車は、全身の毛が逆立つのを感じた。

「あーあ、もう動かなくなっちまった」

「猫の替わりに遊んでくれるみたいだったから、遊んでやったのによ」

若者達は、動かなくなった老人を取り囲んでゲラゲラと笑う。

その瞬間、足元にポイ捨てしたタバコが燃え上がった。

「うええっ⁉」

「な、なんだぁ⁉」

火がついたタバコは、ネズミ花火のように火花を散らしながら、若者達に襲い掛かる。

突然のことに驚いた彼らは、悲鳴をあげながら散り散りになって逃げ出した。

それは、火車の仕業だった。若者達がいなくなると、タバコはぼっと音を立てて燃え尽きる。

「大丈夫か！」

火車は人間の姿になって、老人に駆け寄った。

老人は傷だらけで、ひどい有様だった。だが、火車が抱きかかえると、うめき声をあげた。

「おい、これは……！」

若者達と入れ違いで、風音がやって来た。悪夢でも見るような目で、ボロボロの老人を見つめていた。

「この気配は……、お前、火車だな」

「ああ」

人間の姿の火車は短く答え、手短に事情を説明した。

その間、白猫は老人に縋《すが》り付くように、悲しそうな鳴き声をあげていた。植込みの陰から、他の猫も心配そうに老人を見つめていた。

白猫の訴えに、火車はじっと耳を傾けていた。

「その猫、なんて言っているんだ……？」

「彼女が、先ほどの悪漢に捕まったのがきっかけだったらしい。タバコを押しつけられて虐待されているところを、老人が身体を張って止めたそうだ……」

「そんな……なんてことを……」

風音の瞳の奥で怒りが燃える。猫に対する酷《ひど》い仕打ちへの怒りか、それとも老人のことを想《おも》ってか、もしくは、両方か。

そんな中、植込みに隠れていた猫達は、周囲に危険がないのを確認し、そろりそろりと足音を忍ばせながら老人のもとへとやって来た。皆、彼を心配しているようだった。

「にゃー……」

そのうちの一匹が、老人の段ボールハウスの中を見て怪訝な声をあげる。

老人を抱えた火車は、風音に「その中を見てくれ」と指示した。

「一体、どうしたんだ？　僕は猫語が分からないんだ。翻訳してくれ」

「……老人が大切にしていたものが、ないらしい」

「なんだと……？」

段ボールハウスの中は荒れていた。

老人の穏やかな性格からして、有り得ない惨状だ。彼ではない誰かに荒らされたのだろう。

段ボールハウスの中には、薄っぺらくて使い古した毛布と、ほんのわずかな食糧と、何に使うのかよく分からない道具くらいしか残っていなかった。

老人と会った時に見かけた巾着はなく、老人が貯めていると言っていたお金は見当たらない。

「本当だ、見つからない……」

「うう……」

老人はうめき声をあげながらも、うっすらと目を開く。虚《うつ》ろな目で口をパクパクとさせるその様子に、「無理をするな」と火車は言った。

「巾着が……私の貯金が……」

老人は、うわ言のように訴える。

「この子達と住むための資金が……持って行かれてしまった……」

「さっきすれ違った奴《やつ》らにか……！」

風音の問いに、老人は頷くように気を失った。

「……救急車を呼べるか？」

火車が問うが、風音は首を横に振った。

「彼を救急車で病院まで運んでも、治療費が払えるわけじゃないだろう。これは、僕達が干渉すべき案件だ。ラファエル様のところに連れて行こう。火傷をした、猫と一緒に……」

ラファエルというのは、彼の上司らしい。深い慈愛と癒《いや》しの力を持っており、老人達を連れて行けば手を差し伸べてくれるはずということだった。

「怪我《けが》は、それでなんとかなるだろう。だが、お金は……」

怪我が治って健康な身体さえ取り戻せればどうにかなる、という類のものではないだろう。

せっかく、コツコツと貯めたお金を奪われて、ショックなはずだ。しかも、愛猫が虐げられ、自分もまた暴行を受けたとなれば。

「いくらラファエル様とは言え、心の傷は治せない……」

老人の心の支えは、猫しかない。だが、それも何処まで耐えられるか。

「……せめて、貯金は取り戻してやろう」

火車はそう言って、老人をそっと風音に預けた。

「お前……」

「火種が分かっていたのに、防げなかった。だからせめて、奪われたものを取り返したい」

白猫が火車に向かって心配そうに鳴く。だが、火車は「大丈夫」と、白猫に優しく触れた。

「俺は火車だ。火の扱いは慣れているし、火種のにおいもよく分かる」

若者達が逃げていった方角に、焦げ付いたにおいが漂っていた。火車の妖力《ようりょく》で飛び散った火花を浴びた彼らには、火車の妖気《ようき》が染み込んでいた。

それを辿《たど》っていけば、必ず彼らに行き着く。

火車は己の中で暗い炎が燃えるのを自覚しながら、若者達の足取りを追ったのであった。

コンビニの前で、あの若者達はたむろしていた。

老人が貯金箱代わりにしていた巾着の中身を改め、彼らは驚嘆した。

「うおー、汚い袋の割には、かなり入ってるぜ」

「あのじじい、猫とこの袋をやたらと気にしてたから、何かあると思ったが……」

「タバコ買おうぜ、タバコ！」

若者達ははしゃぐ。

その様子を、猫の姿になった火車が、闇に紛れつつコンビニの屋根の上から眺めていた。

「おい、あいつらをどうするつもりだ」

火車が振り向くと、風音がいた。

「……よくコンビニの屋根の上に登れたな」

「僕は天使なんだ。翼も出せるし空くらい飛べる」

風音はムッとしたような顔をしていたが、すぐに咳払いをして気を取り直した。

「老人と猫はラファエル様のもとに連れて行った。怪我はすぐに良くなるはずだ。問題は、──あいつらだな」

風音は、タバコを咥《くわ》えつつコンビニの前で金勘定し始めた若者達をねめつける。

「僕としては、天罰を喰《く》らわせて地獄に落としたいくらいだが」

「確かに、弱者を虐げた彼らは裁かれるべきかもしれない。だが、俺にその資格はない」

「魔物扱いしていることなら気にするな。僕がいれば、天の御使いの使いということになる」

天音は自信満々に胸を張るが、火車は首を横に振った。

「優先すべきは、奪われたものを奪い返すことだ」

「それは無論のこと」

「それに、彼らを地獄に落とせば溜飲《りゅういん》が下がるだろうが、それでいいのだろうか」

「どういうことだ？」

怪訝な顔をする風音に、火車は若者達から目を離さずに淡々と告げた。

「正しくないと判断したものを切り捨ててばかりでは、いずれ、多様性が失われてしまう。正しさを突き詰めていけば、俺もいつかは切り捨てられるだろう」

「そんな……。お前は、あの老人を助けたじゃないか」

「お前は俺のそんな姿を見ているから、切り捨てるのはおかしいと思うのだろう。だが、世間からすれば俺は不吉なアヤカシだ」

「……あいつらにも、良いところがあると？」

風音は露骨に顔をしかめる。

「人間を一面だけで判断して、二度と社会復帰出来ないようにしてはいけないということだ」

天使の風音であれば、文字通り地獄とやらに落とすことが出来るのだろう。だがそれは、彼らを永久にこの世から追放することになる。

「じゃあ、お前は老人の貯金だけを取り戻すつもりか？」

風音は火車に抗議こそしないものの、腑《ふ》に落ちない様子だった。

火車は、「まさか」と返した。

「社会復帰出来る程度に、お灸《きゅう》をすえるのは必要だ」

「なるほどな。それならば、僕も賛成だ」

風音は火車が言わんとしていることを悟り、にやりと笑う。

一方、若者達は金勘定を終え、満足そうな顔でお金を巾着の中に流しこんだ。

「よし、これで何カートンか買えるな。こんなにウマい想いをするんだったら、これからは猫なんかよりあいつらを狙《ねら》った方がいいんじゃないか？」

「どうなんだろうな。たまたま、あのじじいが貯め込んでただけかもしれないぜ？」

「そんなことはどうでもいいから、早くタバコを買いに行こうぜ。ったく、なにがたばこ税だよ。俺らはタバコを吸わない連中よりも税金を払っているんだから、もっと優遇してほしいよな」

タバコを咥えた若者の一人が、火のついたタバコをコンビニの脇に投げる。彼がそれを踏みつぶそうとしたその時、タバコの火がぼっと音を立てて燃え上がった。

「うおおっ⁉」

「なんだ、さっきの怪現象か⁉」

若者達が戦慄《せんりつ》する中、燃え上がる火は徐々に膨れ上がり、コンビニの光に劣らぬほどに闇を照らし出す。

「火事だ、やべぇぞ！」

「に、逃げなきゃ……！」

一人の若者は逃げようと踵《きびす》を返すものの、その行く手を、雷光が阻んだ。

「ひょえええっ！　目が、目があああっ！」

雷を間近で見てしまった若者は、たまらずに眩《くら》んだ目を両手で覆う。その間、タバコから発せられる炎は大きくなり、若者達をじりじりと追い込んでいた。

「ひぃひぃ、助けてくれぇ……！」

若者達はへっぴり腰になり、涙と鼻水でぐちゃぐちゃになった顔を恐怖に歪《ゆが》ませて助けを乞《こ》う。

そこに、尊大な声が響いた。

「汝《なんじ》ら、二度と弱き者を虐げないと誓うか」

「な、なんだって？　野良猫もホームレスも、公共の場で寝てるのが悪いんだろ！　公園は税金で作られてるんだ。税金をいっぱい払ってる俺達がでかい顔をしていて、何が悪いってんだ！」

若者の一人は拳《こぶし》を振り上げて抗議をする。だが、その真横に雷が落ちると、「ひぃ！」と拳を引っ込めた。

「ならば、汝らよりも更に税金を納めている者達に虐げられても構わないということになるぞ。また、タバコのポイ捨ては軽犯罪法違反だ！」

尊大な声は頭上から響いている。だが、若者達がいくら見回しても、声の主は見つからなかった。

「そもそも、人の猫を傷つけた時点で、器物損壊罪だしな。更に、人のものを盗んだことは窃盗罪だ」

別の声が、すぐそばから聞こえた。

それは、燃え盛る炎の中からだった。炎は猫のような形になり、若者達にじりじりと近づく。

「ね、猫の怨念《おんねん》だ！」

「悪かった！　二度とあんなことしないから！」

若者達はお金が入った巾着を放《ほう》り出し、抱き合って悔い改めるが、炎は勢いを増すばかりだ。

「問答無用。彼らの痛みを思い知るがいい！」

ごうっと炎が若者達を包み込む。若者達は悲鳴をあげ、炎に巻かれながら逃げ出した。

「燃える、助けて！」

「誰か、水を！」

だが、炎は実際に若者達を焼いておらず、衣服だけを器用に焦がしていた。

無我夢中で逃げる彼らは、ボロボロになった衣服が剝《は》がれ落ちるのに気付かず、通行人はあられもない姿になった彼らを見てぎょっとする。「やべー」と笑いながら、携帯端末で録画する通行人もいた。

「……警察に通報する間もなく、公然わいせつ罪で逮捕されそうだな」

燃え盛っていた炎は一瞬で収まり、中から火車が姿を現す。

「器用なものだな。火種を見つける以外に、ああいう力を持っているのか」

風音は、いつの間にかコンビニの上から降りて来ていた。彼は、老人の巾着袋を拾い上げ、丁寧に土や砂を落としてやる。

「火の気があれば、多少は。お前の雷も大したものだが」

「あれは天罰だ。天使は天罰を行使する許可を得ているんだが、使用するごとに申請が必要なんだ……。事後申請はあまりいい顔をされないが、致し方ない……」

使用回数は二回だったな、と風音は手帳を開いてメモをしていた。

「天の御使いとやらも、苦労をしているんだな」

火車は器用に前足で、ポイ捨てされたタバコを所定の場所に捨てつつ、風音に同情の眼《ま》差《な》《ざ》しを向ける。

「世界の秩序を守るためには、まず自分達が秩序を守らなくてはいけないからな……。そんなことより、あの老人の大切なものが戻って良かった」

風音は、巾着を手に胸をなでおろす。

「そうだな。もう、火種は感じない。災厄は終わったということか」

火車は鼻をひくつかせるが、焦げ付いたにおいはしなくなっていた。

災厄は、無事に去ったのだ。

「彼の治療も終わっているだろうしな。僕は迎えに行くよ。お前は？」

風音はしゃがみ込み、火車を抱こうと手を差し伸べる。

だが、火車はふいっと背を向けてしまった。

「俺はいい。火種が無くなった以上、俺はもう必要ない」

「そんなこと言うな。というか、その能力は便利だな。お前の力があれば、迷える子羊を早く見つけられるのでは……」

風音は思案する。しかし、火車の態度は素っ気なかった。

「天の御使いがアヤカシと手を組むのは、秩序のためにもよくないだろう」

「ぐっ……、まあ、たしかに……」

「じゃあな」

火車は尻尾をゆらりと揺らすと、風音の前から立ち去る。

黒猫の火車は、夜の闇にあっという間に溶けたのであった。

それからしばらくして、火車はあるアパートの前で、あの老人を見かけた。

老人は怪我をしていたのが嘘《うそ》のようにピンピンしていた。風音の上司が治療をしてくれたお陰だな、と思いながら、火車は老人の後をつけてみた。

二階建ての安アパートであったが、老人は賃貸を借りられていた。

老人は、アパートの敷地内を掃除していた老婦人に挨拶をする。どうやら、彼女がアパートの大家らしい。

塀の上から彼らの会話に耳を傾けていると、色々なことが分かった。

大家は大の動物好きで、ペット可の物件であること。そして、猫を何匹か引き取ってくれたことが。

「おい」

塀の外から不意に声をかけられ、火車の全身の毛が逆立つ。

振り返ると、そこには風音が立っていた。今日は、ぶち猫のルカも抱えている。

「なんだ、お前か」

「なっ……！　天の御使いに対して何たる態度。やっぱりお前は、魔物だな」

膨れっ面の風音に対して、ルカは愛想よく「にゃぁ」と火車に挨拶をした。火車もまた、

一声鳴いてルカに挨拶を返す。

「お前の愛猫は礼儀正しいな。いつも適切な挨拶をくれる」

「くそっ……！　猫語が分かるなんて羨《うらや》ましすぎる！」

風音は、血涙を流さんばかりの勢いで歯ぎしりをする。

「どうして僕には猫の言葉が分からないんだ……！」

「猫じゃないからだろう」

「クソー！　ネコ科マウント！」

地団駄を踏む風音であったが、ルカが慰めるように彼のおでこを前足で軽く押してやる。肉球のぷにぷにを感じてか、風音はすぐに鎮まった。

「僕がここに来たのは、お前にネコ科マウントを取られるためじゃない。あの老人の様子を見に来たんだ」

よく見ると、風音は紙袋を持っている。上司であるラファエルが持たせた差し入れらしい。

「どうやら、無事に家を借りられるようになったようだな」

「ああ。まだ、多少の支援は受けているようだが、彼はモチベーションが高いからな。いずれ、支援も必要なくなるだろう。そういう人間ばかりではないのに、大したものだ」

誰もが自立出来るわけではない。そもそものモチベーションが低い人間もいるが、どうしようもない事情を抱えている人達だって大勢いるのだと、風音は溜息を吐いた。

「そういう人間のために福祉があって、それでもどうしようもない人間は我々が救うわけだが、まだまだ支援が行き届かなくてな」

「皆が救われることは、難しい」

「それでも、ちょっと手を差し伸べただけで救われる人間だってたくさんいる。彼のように」

風音は、塀の向こうの老人を見やる。

大家は自分の家に引っ込むと、老人から引き取った猫を抱きかかえて老人のもとに戻る。

すると、老人は顔をほころばせて猫を撫で、猫は心地よさそうに撫でられていた。

「そういう、少し背中を押す仕事をたくさん出来れば、大勢を救うことが出来るんだがな。巡り巡って福祉の人手が増えれば、それで救われる人間だっているだろうし」

そこまで言って、風音はハッとする。

「いや、それで最終的に救われるべき人間がいなくなったら、僕達の仕事もなくなる……？」

「仕事がなくなるのならば、いいことだろう。その分、余暇を過ごすといい」

火車の提案に、風音は「駄目だ！」と叫ぶ。

「休暇は必要だが、必要以上の休暇は堕落を誘《いざな》う。むしろ、仕事が無くなったら僕の存在意義も無くなるんじゃないか⁉」

「……お前も仕事以外に生き甲斐を見つけるといい。引退したら、猫のために生きるとか」

猫のため、と言われて風音は我に返る。

「猫シェルターを作るのはいいな。野良になってしまった猫を保護して、猫を飼いたい者の家を猫に提供する仕事も悪くない」

「……猫とともに余暇を過ごしてはどうかというニュアンスだったのだが」

どうやら、風音と仕事は切っても切れない関係らしい。

「僕達のような概念の存在は、仕事のために生まれたのならばそれがアイデンティティだ。

お前だって、火種を見つけて警告するのをやめてずっと熱海《あたみ》で温泉に浸《つ》かってろなんて言われたら困るだろう？」

「俺のやっていることは仕事ではない。何者にも縛られていない」

「うーん。それを言われると弱いな……」

風音は頭を抱えてしまった。

「おや、声がすると思ったら」

ひょっこりと顔を出したのは、話題の老人だった。

近くで見ると、肌艶《はだつや》もだいぶ良くなっている。やはり、屋根がない場所とある場所では健康に大きく差が出るのだろう。

風音は慌てて姿勢を正し、老人に紙袋を差し出す。

「ど、どうも。その後に変わりはないようだな。これは差し入れだ。存分に活用するといい」

風音の態度は相変わらず大きいが、老人は嬉しそうに顔をほころばせる。

「あの時は本当に助かったよ。怪我の手当てもしてくれて。お陰で、私もこの子もすっかり元気になった」

老人がモコモコの上着のジッパーを少し開けると、白猫がひょっこりと顔を出した。

あの時、老人を助けてくれと訴えた白猫だ。火傷の痕《あと》はすっかりなくなり、毛づやも以前より良くなっている。

「このアパートの大家さんは、以前から行き場のなくなった猫を保護出来ないかと考えていたようでね。私が猫を連れて来たのをきっかけに、猫シェルターの創設も考えてくれるようになったんだよ」

「猫シェルター、既に検討されていた……！」

仕事が無くなった時の計画を先取りされた風音は、ショックを受ける。

「おや、君も猫シェルターを作ろうとしていたのかい？　一つのシェルターで引き受けられる猫には限界があるし、シェルターは幾つあってもいいと思うよ。私もかつて、人間用のシェルターを利用していたからね。少しでも多い方が助かるんだ」

老人は、少し寂しそうに微笑んだ。

「そうだったな……。人間も猫も、まだまだ助けを必要としているんだ……」

「猫だけじゃなくて、犬もね。私は、福祉や支援団体にたくさん助けられた。ちょっと余裕がある人達が、ちょっとずつ提供してくれたもののお陰だと思っている。だから、私も余裕が生まれるようになったら、かつての私のように困っている人達の力になりたいね」

「ああ、それがいい……」

風音は深く頷く。

老人は、そんな風音からの差し入れを有り難く受け取った。

「ところで、これは？」

「ラファ……いや、あなた達の怪我を治療した上司からだ」

「なんと。むしろ、こちらがお礼を持って行きたいくらいなのに」

中身を見てもいいかという問いに、風音は頷いた。白猫が身を乗り出さんばかりに、紙袋の中を気にしているからだ。

老人は手を突っ込み、ごそごそと紙袋の中のものを取り出す。そこにあったのは、菓子折りでも猫の餌でもなかった。

「プロテインだ⁉」

思わぬ差し入れに、風音は思わず目を剝いた。

「おお……。朦朧《もうろう》とする意識の中、君の上司の方のアドバイスを聞いてね。『筋肉をつけるのです。さすれば、あなたに健康が宿るでしょう』と」

そのアドバイスを聞き入れ、老人は早朝の公園で筋トレをするようになったという。最初はすぐに息切れをしていたが、続けているうちに少しずつ身体が軽くなっていったそうだ。

「往来で雑誌を売っている時も、人通りがない時はスクワットをしていたからね。日々の鍛錬を続けて、この健康を維持するよ」

「……それで健康になれたのなら、なにより……だ」

風音は、遠い目をしながら相槌《あいづち》を打った。

「ところで、さっきから視線を感じるが――」

老人は辺りを見回すと、目敏く塀の上の火車を見つける。

火車は老人と目が合うと、「なぁん」と鳴いて、ただの猫のふりをした。

「こいつ、あの巾着を取り戻すのを手伝ってくれたんです」

風音が火車を紹介すると、老人は目を輝かせながら火車に歩み寄った。

「おお、それはそれは……。あの巾着は妻が作ったものでね。私が貯めたお金よりも大切なものだったんだ」

「なんと。そうだったのか……！」

驚く風音に、老人は頷く。

「あの巾着が無かったら、こうして立ち直ることも筋肉をつけて健康になることも出来なかった。彼も、私の恩人だね」

老人が手を伸ばすので、火車は素直に頭を差し出して撫でられる。老人の手のひらは温かく、心地よかった。

「彼は、君の猫なのかな？」

老人が風音に問う。風音は逡巡《しゅんじゅん》した後、「いいや」と答えた。

「でも、行き場所がないという感じでもなさそうだね。私のところに来た猫達とは違って、自分の道をしっかりと見据えている感じだ」

「仮にシェルターで保護しても、いつの間にかいなくなるタイプだな」

彼らの言うとおり、火車にはやるべきことと行くべき場所があった。家も定まらない根無し草であったが、その道に迷いはなかった。

「でも、恩返しもしたいしね。もし、屋根が必要ならばうちに来るといい。大家さんも歓迎してくれるだろう」

老人の申し出に、火車は「にゃーん」と鳴いた。

「……クソッ。猫語が分からないから、なんて返事をしたのか分からないな」

悔しそうにする風音に、老人は笑い皺を深く刻んで微笑んでみせた。

「これは、『痛み入る』という感じかな。なかなか、奥ゆかしい猫だね」

「猫語が分かるのか⁉」

「正確な言葉は分からないけど、猫の目と仕草、鳴き方でなんとなくニュアンスが分かるよ」

老人の言葉を肯定するように、白猫とルカは同時に「ナァーン」と鳴いた。

「ぐぬぬ……、僕はまだ観察力が足りないということか」

悔しがる風音に、火車は「なぁん」と一声鳴いて踵を返す。精進するといい、という意図は、老人が風音にやんわりと伝えてくれた。

やがて、大家が老人を呼ぶ声が聞こえ、一緒にお茶でもどうかと風音が誘われ、風音はルカとともにアパートの中へと消える。

彼らはもう、大丈夫。焦げ臭さは微塵《みじん》も感じられない。

火車にとって、不吉が解決したことが何よりの報酬だった。

だから彼は、次の不吉の解決を促すべく、焦げ付いたにおいを探して都心の街に消えていくのであった。

小噺

ヨモギ、行き場について考える

ヨモギは、いつものように神保町へやってきた。

本の街である神保町には、大きめの新刊書店がいくつもある。そのうちの一つが、書店員の先輩として尊敬している三谷が働いているお店だ。

八階建てのビルに大きな看板を掲げ、神保町のランドマークと化している。長年神保町を見守ってきた老舗《しにせ》らしく、風格もあった。

お爺《じい》さんも、この書店には若い頃《ころ》からお世話になっていたらしい。書店としても、稲荷書店よりも大先輩だということを教えて貰《もら》い、ヨモギは恭しい気持ちで店内に踏み込んだ。

「いらっしゃいませ」

レジの店員さんが挨拶《あいさつ》をしてくれたので、ヨモギもぺこりと会釈をする。

相変わらず、広い店内だ。

天井も高くて立派だし、背の高い本棚も所狭しと並んでいる。

ワンフロアだけでも圧倒されるのに、同様の売り場が六階まであるのだから恐れ入る。

一体、稲荷書店が幾つ入るんだろう、と思いながら、ヨモギは三谷がいる二階を目指した。

一階には主に、各階の目玉である本や雑誌が置かれている。そして、二階には文芸書や文庫、新書などが置かれていた。三階から五階までは主に専門書のフロアで、六階は学習参考書や児童書、コミックのフロアとなっていた。

ジャンルごとに分かれているので、フロアによって客層が違う。その中でも、一階と二階は特に、色んなお客さんが来る場所だった。

上りエスカレーターに乗って二階に辿《たど》り着くと、みっちりと並んだ本棚がヨモギを迎える。

平台《ひらだい》にたんまりと平積みされている本に目を奪われていると、奥のバックヤードからぬっと店員さんが顔を出した。

「いらっしゃい」

「あっ、三谷お兄さん！」

ひょろりとした猫背の三谷は、死んだ魚の目をしていた。

「お、お疲れですか……？」

「ん、まあ、そんなところ」

元々目に生気がある方ではなかったが、いつにも増して虚《うつ》ろだった。

「ここのところ、慌ただしくてさ。本当は、お客さんにこんな顔を見せちゃいけないんだろうけど」

「いえいえ。同業者なのでノーカンです！」

セーフ、とヨモギはジェスチャーをする。

「色々ありますもんね。先日も、ビッグタイトルの新刊が出ましたし……」

大人気シリーズの新刊が発売されれば、その分だけお客さんが手に取ってくれて売り上げも出るが、労力も比例する。だから、人気作の発売直後は千牧とともにぐったりしていることが多い。

だが、三谷は怪訝《けげん》な顔をした。

「その様子だと、知らないのか？」

「えっ、何をです？」

どうやら、ヨモギの見解は外れたらしい。

三谷は壁の張り紙を顎《あご》で指す。ヨモギがちょこちょこと歩み寄って見てみると、衝撃的なことが書かれていた。

「ええっ⁉　このお店が、閉店⁉」

ヨモギの声に、周りのお客さんはぎょっとした顔で注目する。ヨモギは、慌てて口を塞《ふさ》いだ。

既に知っているのか寂しそうな顔をするお客さんもいたが、寝耳に水だと言わんばかりの顔で張り紙を見に来た中年男性もいた。

「そうなんだ。この建物を壊すから、閉めなくちゃいけなくて」

「いやいやいやいや！　嘘《うそ》ですよね……⁉　だって、神保町のランドマークにして老舗の書店ですよ⁉」

ヨモギは悪夢を見ているのかと思った。自分の頬《ほお》をつねってみるが、ただ痛いだけで、夢から覚めることはなかった。

「まあ、諸行無常だしさ。建物の老朽化は仕方がないって」

「ううう……。このお店に二度と会えなくなるなんて……」

なだめてくれる三谷の前で、ヨモギはくずおれてしまう。張り紙を見に来た男性も、その横で貰い泣きしている。

そんな中、三谷は首を傾《かし》げた。

「お前、全部読んでないな？　閉店するのは一時的で、建物を建て直したら戻ってくるんだよ」

「えっ⁉」

ヨモギと貰い泣きしていた男性は、壁にしがみつくように張り紙を見る。

すると確かに、三谷が言ったように、建物の老朽化にともない取り壊しをし、三、四年後に再オープンする旨が書かれていた。

「なんだ、永久にお別れというわけじゃなかったんですね……」

ヨモギは胸をなでおろす。隣で張り紙を読んだ男性もまた、ほっとして去って行った。

「それでも、ここにいない期間が長いんだよな。まあ、でかい建物を壊してでかい建物を建てるんだから、仕方ないんだろうけど」

「三、四年ですもんね。神保町が寂しくなるなぁ」

屋上に掲げられた看板は、遠目からでもよく分かる。それが何年も見られないとなると、心にぽっかりと穴が空いたようだった。

「でも、建物を直しながらやるのも限界なんじゃないかと思ってさ。この建物、漏水がひどいし」

「漏水は本の大敵ですからね……」

「ああ。台風の時に漏水になるのは仕方がないと思ったんだが、何でもない時も漏れてたしな。配管の関係か、売り場には漏らないんだけど、バックヤードが水浸しになるんだ」

ちょうどあの辺、と三谷は奥のバックヤードの出入り口付近を指さした。

バックヤードとは言え、在庫の保管場所でもあるので漏水は危険だ。ヨモギはぷるりと震える。

「あと、エレベーターの不具合も多いし」

「そうなんですか？」

ヨモギはピンとこず、首を傾げてしまう。

このお店の主なフロア移動手段は、エレベーターとエスカレーターなのだが、ヨモギはあまりエレベーターを使わない。何故《なぜ》なら、途中にあるフロアの様子が分からないからだ。

ヨモギは書店員として、市場調査もかねて来ているので、出来るだけ他店の状況を知りたいと思っていた。

「あのエレベーター、呼んでないのに来るんだよ」

「それは由々しき不具合ですね」

「ああ。閉店後で売り場の照明をほとんど消した後に棚整理をしていると、誰《だれ》も乗っていないエレベーターが暗がりの中で開くんだ」

「怖い話じゃないですか！」

ヨモギは思わず、悲鳴をあげる。

「お前はどちらかというとあっち側だし、怪談くらいどうってことないだろ？」

「まあ、こっち側のひと達に対する恐怖感はないですけど、よく分からない現象は普通に怖いですよ……」

アヤカシが動かしていたとか、幽霊が乗っていたとなると、「なるほど！」と納得するが、誰が何の意図でどうやって動かしているのか分からないと、気味が悪いとヨモギは主張した。

「なるほど。俺達《おれ》が、何を考えているのかよく分からん人間を不気味って思うのと同じか」

「そうそう。そんな感じです」

ヨモギは何度も頷《うなず》く。

「因《ちな》みに、俺も遭遇したことがあるし、他の書店員が遭遇した時には、エレベーターの中は真っ暗だったらしい」

開店前や閉店後にも明かりが煌々《こうこう》とついているはずのエレベーターの中は、闇《やみ》に包まれていたという。「ヤバい」と思ったその書店員はエレベーターを見送ったそうだが、乗っていたらどうなっていたことか。

「こっち側のひとがいた可能性もありますけど、エレベーターも老朽化していたかもしれませんね……」

「どうだろうな。エレベーターは一度リニューアルしたらしいし」

「えっ、それはもう、こっち側のひとの仕業確定では」

「やっぱり、そう思うよなー」

怪談を語った張本人は、ぼんやりとフロアの奥にあるエレベーターを眺めていた。今も、お客さんを乗せてやって来たが、特に異常は見当たらない。

「エレベーターのひと、建物を壊したらいなくなるんですかね……」

「分からないな。土地に憑《つ》いてる可能性もあるし」

「それは改装してもエレベーターの不具合が残るやつ……」

「でも、なんか悪いことが起きたわけじゃないし、意外と見守ってくれてるのかもしれないぜ。座敷童《ざしきわらし》みたいに」

「ああー、それはいいですね」

「まあ、『遠野《とおの》物語』に登場する座敷童の正体って、口減らしで亡くなった子どもの霊っていう説もあるけどな」

「ひぃ」

ヨモギは短い悲鳴をあげる。

「神保町では、そんな逸話も残ってないし大丈夫。せいぜい、呼んでもいないのにエレベーターがやって来た時は、触らず焦らず、目を合わせないようにしながら見守るさ」

「それがいいのかもしれませんね」

未知のものに関しては、三谷のやり方が一番いいだろうとヨモギも思う。もし、相手が常世の存在でも、過度な干渉をしなければ共存出来るはずだ。

「まあ、古くてでかい建物だから、不思議な話は他にもいっぱいあるだろうけど」

「でも、今のところ漏水が一番怖いですね」

正体不明の勝手に来るエレベーターよりも、本を濡《ぬ》らす可能性がある漏水の方が、明確な被害が出そうだ。

三谷もまた、「ホントそれな」と頷く。

「この建物も、四十歳くらいだしさ。人間で言ったら、だいぶ爺さんなんだよな。うちの実家なんて、築三十年ちょっとであっちこっちガタが来てるし」

「建物の寿命ってそんな感じなんですね……。あんまり意識したことなかったな……」

「建物の建材にもよるだろうけどさ。あとは、使用頻度とかメンテナンス状況とか。意外と、人間よりも寿命が短いんだよな」

「でも、このお店ってかなり昔からあったような……」

ヨモギは、お爺さんの話を思い出す。たしか、お爺さんが生まれる前から、神保町一の一という住所にあったはずだ。

「ああ。店自体は、建物を改築しながら明治十四年からやってる。この前、一四〇周年を迎えたところだな」

「ひえー、一四〇周年！」

もはや、神保町の歴史の一部だ。さすがは、ランドマーク化していただけある。

「最初は古書店だったんだけどさ、新刊書店に転向して、出版事業を始めたり印刷業を始めたり、各地に支店を構えたりして今に至るわけ」

「支店も色んな所にありますもんね」

「そうそう。書店が無くなった土地にも店を構えたりしてさ。そのお店ももう、十周年を迎えたっけ」

「文化の担い手だ……！」

ヨモギはすっかり感心する。書店の大先輩に、敬意を表したくなった。

「そんな事業の本丸だからこそ、常にどっしりと構えてないといけないんだろうな。改装後は立派なビルが建つよう祈ってるわ」

「そうですね。また、神保町のランドマークとして堂々たる姿を見せてくれるのを楽しみにしてます！」

ヨモギが満面の笑みを向けると、三谷もつられるように笑う。

「お客さんにして書店員の後輩の笑顔を見てたら、元気が出てきたよ。閉店まで色々と慌ただしいけど、何とか踏ん張るわ」

「僕になにか、出来ることがあればいいんですけど」

「ヨモギは書店員だけど、うちのスタッフじゃないからなぁ。一番助かるのは、何か買って行ってくれることだ」

「確かに！」

「本を買ってくれてももちろん嬉《うれ》しいけど、文具は利益率が高い」

「POP作成用のペンを買って帰ります！」

ヨモギは背筋を伸ばして宣言し、三谷はサムズアップをして三階に向かうヨモギを見送る。

文具売り場は、三階だった。

このフロアは、主にビジネス書を扱っていて、ビジネスマンと思《おぼ》しき人達が難しい顔をして本棚を眺めていた。

ヨモギが文具売り場に向かうと、ガラスケースに陳列された高級そうな文具から、パステルカラーの可愛《かわい》らしい文具までずらりと並んでいた。

「わぁ、これは綺麗《きれい》……」

ヨモギが目を止めたのは、ガラスで作られたペンであった。

沖縄《おきなわ》の海を思わせる水色や、大空を思わせる青色、森を思わせる緑色などのガラスペンが、照明を受けてキラキラと輝いていた。

「こういうペンで手紙を書いたら楽しそう……」

透き通った色合いがとても綺麗で、芸術品を見ているかのようだった。いつか欲しいな、と憧《あこが》れを胸に抱く。

ヨモギはいろんな角度からガラスペンを眺めて堪能し、POP作成用のサインペンを何本か買って売り場を去る。

「お店が改装になる前に、また来よう。それまでに、ガラスペンを買うための資金を貯《た》めないと」

何色を買おうか、とヨモギは心を躍らせる。

稲穂のような黄色に一番惹《ひ》かれたので、黄色にしようか。

ヨモギはお稲荷《いなり》さんの使いなので、稲穂の色が大好きだった。

せっかく来たのだから、とヨモギは四階にも足を延ばす。四階は芸術や歴史などの本が並んでいて、比較的静かなフロアであった。

たしか、古書店もあったはずだ。

「ちょっとだけ見てみようかな。古書はあんまり見る機会がないし……」

このお店が元々古書店であったこともあり、ヨモギはにわかに興味がわいた。上りエスカレーターから降りると、古書店の場所を探す。

するとその時、ふわりと珈琲《コーヒー》の香りが漂ってきた。

「あれ？　ここにも喫茶店が……？」

喫茶店は二階だったはずだ。

ヨモギは不思議に思いつつも、鼻をひくつかせて珈琲の香りを辿る。

すると、立ち並ぶ本棚の奥にひっそりと、木の扉があった。

「ここかな？」

不思議な扉だ、とヨモギは思う。周囲に溶け込むように佇《たたず》む扉は、この世のものではないように思えた。

ヨモギは遠慮がちにノックをしてから、そっと扉を開ける。

すると、押し寄せてきた珈琲の香りがヨモギをふわりと包んだ。

「わっ……」

そこは、本の森だった。

木の洞《うろ》に拵《こしら》えた梟《ふくろう》の巣のようなたたずまいの店は、壁一面本棚になっており、そこにびっしりと本が並んでいた。

「おや、お客様ですかな」

聞き慣れた声に、ヨモギは目を丸くする。店の奥のソファでは、眼鏡の紳士が本を読んでいる最中だった。

「亜門さん！」

「ヨモギ君。まさか、我が巣においでになられるとは」

亜門は目を輝かせて立ち上がり、本をサイドテーブルに置いてやって来る。

「えっ、ヨモギ君が来たんですか？」

本棚の死角になっていた場所からひょいと顔を出したのは、司だった。

「あっ、司さんまで……！　二人とも、どうしてこんなところに？　というか、これはお店……ですか？」

テーブルが幾つかあり、珈琲の香りが漂っているので、カフェなのかと思った。

だが、カフェにしては座席数が少ないし、それに対して本が圧倒的に多いし、その本の背表紙は豪華なハードカバーから文庫本までまちまちで、中には年季が入ったものもある。

「古書店、かな？」

「お見事！」

亜門は破顔し、大袈裟《おおげさ》に拍手をする。

「私は、こちらで古書店を営んでおりましてな。営んでいると言っても、隠居した身の趣味の店のようなものですが」

「そうだった。確か、お会いした時もそんなことを言ってましたよね。まさか、こんなところにあるなんて思いませんでしたけど……」

ヨモギは亜門と初めて会った時のことを思い出しながら、注意深く店内を見回す。少しだけ、違和感があったからだ。

「ここ、テナントではないですね。浮世から少し隔離されてる場所だ」

「流石《さすが》は常世の存在。ヨモギ君は聡《さと》いですな」

亜門は肯定しつつ、ヨモギに席を勧める。

「ヨモギ君。珈琲はどのような豆がお好みですか？」

「ま、豆にこだわりは特にないです……。あ、でも、苦くないのがいいかも」

「それでは、フルーティーな味わいの豆にいたしましょう」

店内にはカウンターがあり、実験器具のようなたたずまいのサイフォンが照明の柔らかい光を受けて輝いている。

珈琲を淹《い》れに行く亜門とすれ違いで、司がやって来た。

「どうかな、ヨモギ君。ビックリした？」

「ええ、驚きました。亜門さんが魔法使いだっていうのは知ってたんですけど、こんなところにお店を構えられるなんて……」

ヨモギは、目をぱちくりさせながら立派な店内を見回す。

常世の存在であるヨモギだから違和感に気付いたのだが、人間が相手ならば気付かれないだろう。きっと、新刊書店のテナントの一つだと思うに違いない。

「色々事情があってね。亜門はここでお店を開きながら住んでいて、僕はその手伝いをしているんだ。知る人ぞ知る、隠れ家ってところかな」

「三谷お兄さんはご存知《ぞんじ》なんですか？」

「うん。三谷もよく来るよ。絶版になった本も沢山あるし、ヨモギ君はこの店を見つけやすいだろうから、また来なよ」

たしかに、稲荷書店の棚には馴染《なじ》みがない本が多い。気になるタイトルも幾つか見つけ、ヨモギはソワソワし始める。

「秘密基地みたいでいいですね」

「ふふっ、そうでしょう？」

亜門は、ヨモギと司と自分の分の珈琲を運びながら、誇らしげに微笑《ほほえ》んだ。

「こんなところにお店があったなんて、灯台下暗しですよね。お店の改装の話と同じくらい驚いたかも」

次の瞬間、亜門と司はその場にくずおれた。

「ええっ！　どうしたんですか、ふたりとも！」

ヨモギはぎょっとして、床に這《は》いつくばらんばかりのふたりを気遣う。

「いや、改装の話が出たから、つい……」

「そうですな……。正にそれが、我々の悩みの種なのです……」

司はか細い声をあげつつ、亜門は眼鏡をかけ直しながら、おぼつかない足取りで席につく。

「ああ……。建物が無くなると、もしかしてここも……」

「この建物の四階のあの場所がゲートなので、アクセスが難しくなりますな」

来客の歓迎ムードが、一転してお通夜《つや》のようになる。亜門と司は、どんよりした表情で珈琲を啜《すす》った。

「エレベーターを勝手に動かす何かよりも確実に困るひと達が、ここにいたなんて……」

「えっ、怖い話？」

司の顔が青ざめる。怖い話が苦手だと察したヨモギは、それ以上その話題に触れないことにした。

「我々が知ったのも、つい先日でしてな。ひとしきりショックを受けてようやく立ち直り、今日に至るわけです」

「なんと……。そんな時にすいません……」

「いえいえ。ヨモギ君が来たことで、少し気が紛れましたからな」

亜門の笑顔が温かい。

ヨモギは、温かい珈琲をフーフー吹いて冷まし、ちびちびと啜ってみる。するると、砂糖やミルクを入れていないにもかかわらず、ふんわりと優しい味わいが口の中に広がった。

「お察しがいいヨモギ君ならば薄々気付かれているかもしれませんが、我が巣は勝手に繋《つな》いだものでしてな」

「でしょうね……」

亜門がやっていることは、まさに魔法としか言えない芸当だ。説明しても理解出来る人間は稀《まれ》だろうし、変に騒がれてマスコミが駆けつけて、てんやわんやになるのがオチだ。

「でも、お店の中に勝手にお店を作って大丈夫なんでしょうか？　その、お店の利益に便乗している分、なにかこう、見返り的なものは……」

「ご安心ください」

亜門は紳士然とした微笑みを浮かべる。

「この店に利益は御座いません」

「何なら、赤字だから」

「それはそれでどうかと思いますけど⁉」

穏やかな亜門と爽《さわ》やかな司を前に、ヨモギは目を剝《む》いた。

「元々、利益を上げるための店ではありませんからな。あと、私は新刊書店で、自分で読むための本を大量に購入しております」

亜門は、使い込まれたポイントカードを懐《ふところ》から差し出す。

「いいお客さんだ……」

亜門が座っていたソファのサイドテーブルには、大量の本が積まれていた。恐らく、彼の私物の積読《つんどく》本なのだろう。

「それならむしろ、お客さんが住み込んでいるのに近い……のかな？」

店側にとって利益しかないのならば、亜門はむしろ福の神のようなものかもしれない。

だが、ヨモギはそれ以上に気になることがあった。

「お店を構えているにもかかわらず、利益を追求しないなんて信じられない……。せっかくいい雰囲気のお店なんだから、もっと売り場を分かりやすく整えればいいのに……。例えば、古書をジャンルごとにしてプレートを差し込んで……」

「おお……。ヨモギ君の商魂に火がついた……」

早速売り場の改造計画を練り始めるヨモギを前に、司は息を呑《の》む。

「でも、売り場自体が危ういのは由々しき事態ですね。お店をどこかに移動させることは出来ないんですか？」

ヨモギの問いに、亜門は難しい顔をする。

「出来なくもありませんが――」

「が？」

「この店を作った時よりも、我が力が衰えておりましてな。あまりにも異なる場所に移動は出来ません」

「そうなんですね……」

亜門は深々と溜息《ためいき》を吐《つ》き、ヨモギはうつむく。

生憎《あいにく》と、ヨモギは役立てそうな神通力を持っていない。地道に解決方法を探すしかなかった。

「異なる場所が難しいとなると、神保町から出られないってことですか？」

「物理的に異なる場所ではなく、概念的に異なる場所と考えて頂いてよろしいかと」

「それじゃあ、新刊書店の支店なんかどうでしょう？」

ヨモギが案を出すと、司が早速、携帯端末で支店の位置を調べる。

「最寄《もよ》りは、東京駅一番街とか秋葉原とか、有楽町《ゆうらくちょう》かな。ちょっと足を延ばして池袋《いけぶくろ》もありますね」

その中でも、池袋は本店と称されるほどの規模だ。神保町の店に引けを取らない。

亜門は、眉間《みけん》に皺《しわ》を刻みながら地図を見やる。

「東京駅と池袋駅は規模の大きなターミナル駅なので、人の往来が激しく縁が入り乱れていて繋げ難《にく》いかもしれませんな……。秋葉原も厳しいかと……。失敗すると、別の場所に繋がってしまう可能性もあります」

「そうなんですね……。なんか、スマホも電波が飛び過ぎているところは繋がらなくなるって聞いたことがありますけど……」

ヨモギは、稲荷書店に来たお客さんがぼやいていたことを思い出す。

どうやらその人はタワーマンションに住んでいるらしく、タワーマンション特有の悩みを友人に打ち明けていた。その中に、特殊な機材がないと携帯端末が電波を捉《とら》えられないという話があったのだ。当初は、地上から遠いから電波が届かないと思ったらしいが、電話会社いわく、上空を飛んでいる電波が多過ぎて捉えられないのだという。

「正に、その状況ですな。過ぎたるは猶《なお》及ばざるが如《ごと》しということです」

亜門は頷く。

「それじゃあ、有楽町はどうですか？　交通会館の中ですし、いい場所じゃないですか」

「有楽町はいいかもしれませんな。立地も申し分ありません。しかし――」

真剣な表情の亜門に、「しかし?」と司とヨモギが固唾《かたず》を呑みながら尋ねる。

「神保町が遠いのです」

距離が物凄《ものすご》く遠いわけではないが、確かに、アクセスしにくかった。最寄り駅から電車を利用すると、乗換をしなくてはいけない。タクシーを使えば近いが、毎日利用するのも難しいだろう。

「私は店主であると同時に、古書を愛するものですからな。神保町には毎日通いたいのです」

「それはもう、神保町内で物件を探すしかないのでは……」

亜門の私情で、選択肢は一つしかなかった。

神保町の新刊書店であれば、概念的に近いから問題ないかもしれない。

そんな亜門の見解を聞き、ヨモギと司は下見に行ってみようと提案した。

亜門が軒を借りている新刊書店のすぐそばに、大きめの新刊書店が二軒あった。

ヨモギ達はまず、靖国《やすくに》通り沿いにあるサブカルチャーに強い方へと向かう。こちらも神保町のランドマークの一つとなっている高い建物で、たたずまいが少しだけ似ていた。

だが、中は違った。

「鉄道やらミリタリーやら、やっぱり濃いなぁ……」

司は思わずつぶやく。

各フロアを一瞥《いちべつ》しただけで、その濃厚さがよく分かる。鉄道に関しては、売り場がワンフロアを占めているくらいだ。

「うわわわ、すごいですね！　熱量が半端ない……！」

ヨモギは鉄道フロアに入り、しげしげと売り場を眺める。壁一面に並べられた鉄道キーホルダーを見て、目をキラキラさせていた。

「ヨモギ君は、鉄道がお好きなのですか？」

亜門は微笑ましげに問う。

「好きっていうか、物珍しいって感じでしょうかね。電車に乗る機会が少ないので……」

ヨモギはずっと稲荷書店で狛狐《こまぎつね》をしていたので、電車に乗る機会はなかった。最近になってようやく、たまに乗れるようになったくらいだ。

といっても、稲荷書店から遠く離れた場所に行くのは難しいので、近所に足を延ばす程度だが。

「世の中には、こんなに電車が走っているんですね。知識としては知ってましたけど、改めて見ると圧巻だなぁ……」

「ヨモギ君は、どれが好きなのかな？」

司もまた、顔を綻《ほころ》ばせながらヨモギに尋ねる。

「うーん。どれもカッコいいですけど……」

ヨモギは視線を何度も彷徨《さまよ》わせ、ようやく、お気に入りを一つ選んだ。

「この車両ですかね。『はやぶさ』でしたっけ」

「東北新幹線の一つだね！　色が綺麗だし、見た目もカッコいいよね」

鮮やかなグリーンの車体につつじ色のラインが美しい。亜門は、はやぶさのキーホルダーを手に取ると、颯爽《さっそう》とレジまで持って行った。

「亜門さん？」

「ヨモギ君。こちらは私からの贈り物です。いつか、本物のはやぶさに乗れるといいですな」

会計を済ませると、亜門はキーホルダーをヨモギに手渡す。

ヨモギは、パッと破顔した。

「うわぁ、有り難う御座います！」

「礼には及びませんぞ。ヨモギ君には、いつもお世話になっておりますからな」

「お世話だなんて、寧《むし》ろこっちの方がされてるくらいなのに……」

ヨモギは照れくさそうにはにかみながら、キーホルダーを大切にポケットの中に入れる。

アクリルで出来ているから頑丈だろうし、普段使いしようかなと思いながら。

「東北新幹線だと、上野駅に来てますかね」と司は亜門に問う。

「恐らく。神田からならば、東京駅の方が近いかもしれません。見学だけなら気軽に行けそうですな」

「なるほど。実物は見たことがなかったので、今度、千牧君と行ってみようと思います」

散歩に行くのが楽しみになりながら、ヨモギは亜門と司とともに売り場を後にする。

満足感に満たされながら、新刊書店を後にしようとして——。

「いやいやいや！　待ってください！　今日は鉄道のグッズを買いに来たわけじゃないですから！」

ヨモギが慌てて、亜門と司を店内に押し戻す。

「はっ、そうでしたな。我が巣の移転先を探すのでした……」

「ヨモギ君が可愛いから、つい満足しちゃって……」

ふたりは頭を抱える。

「そんなことで満足しないでください！　亜門さんは、おうちが無くなったら大変じゃないですか！」

「そうですな。本棚や書庫にアクセス出来なくなるのは困ります」

「ご自分の心配をしてくださいよ！」

真顔の亜門に、ヨモギは両腕を振り上げて抗議する。

「確かに。私は基本的に、無から家を作ることは出来ないのです。何処《どこ》かの軒を借りる必要がありましてな」

「あんな空間を作れるだけで凄いと思いますけどね。僕はそういうの、ぜんぜん出来ないので……」

「その分、ヨモギ君は私に出来ないことが出来るのでしょう？」

「商売に関することなら、それなりには……」

温かい眼差《まなざ》しを向けられ、ヨモギは照れくさそうに明後日《あさって》の方を向く。

何気なく向けた視線の先は、壁だった。だが、その壁の雰囲気は、見たことがある。

「ん？　なんかこう……」

ヨモギは、天井や床も注意深く見やる。やはり、亜門がいた新刊書店に通じる何かがあった。

「……このお店の建物も、結構な築年数では？」

ヨモギに言われ、亜門と司も建物をぐるりと見回す。

「いやはや。妙に落ち着くと思ったら」

「改めて言われると、確かにそうだね。こっちも、いつ改装になるか分からないのか……」

移転したタイミングで移転先が改装するという可能性もないわけではない。その可能性も考えつつ、亜門はその新刊書店を候補から外す。

「そうなると、もう一つの新刊書店は大丈夫そうですね。たしか、リニューアルしたはずなので」

司は、携帯端末で調べながら、三つめの新刊書店へと向かう。

「といっても、リニューアルしたのは十年前みたいですけど……」

「どのくらいのリニューアルなのか気になるところですね……。売り場だけじゃなくて建物自体にも手を入れてくれてるならいいんですけど……」

ヨモギは亜門の案内に従いつつ、すずらん通りを往《い》く。

すると、今まで見てきた二軒よりは規模が小さいものの、オシャレで立派なお店が見えてきた。

ロゴマークにはフクロウも添えてあり、亜門は満足げにそれを見つめていた。

「こちらも、私のお気に入りでしてな。落ち着いたカフェスペースもありますぞ」

店内に入ると、静謐《せいひつ》な雰囲気がヨモギ達を包んだ。

照明も控えめで全体的に落ち着いていて、静かに本を選べそうだ。

「僕も何回か来ましたけど、やっぱり、どこのお店も雰囲気が違いますね……」

司は店の静けさにつられてか、思わず小声になってしまう。

「流石は本の街。それぞれの個性を活《い》かしつつ、共存しているというわけですな。本を愛するものとして嬉しいことです」

亜門はそう言いながら、目ぼしい本をいくつか見つけて手に取り、かごに入れていた。

「ふむ、この本は気になりますな。こんなに面白そうな本を見逃していたとは、不甲斐《ふがい》ないことです……！」

その本は、ずいぶん前に発売されたものらしい。しかし、このお店の書店員のおすすめなのか、平積みになっていた。

「いやはや。書店は偶然の出会いがありますからな。これだから、書店巡りはやめられないのです……」

「……移転先を見つけることも忘れないでくださいね」

ヨモギは念のため、亜門に耳打ちをする。

「勿論《もちろん》です。この亜門、ヨモギ君のお陰で思い出しました」

「一瞬、忘れてたんですね……」

本好きもここまで来ると重症だ。

この様子だと、神保町から離れたらほとんど自分の店にいなくなるかもしれない。そもそも、商売のためではなく、趣味のための店のようだし。

亜門は壁伝いに手をかざして歩き、真剣な眼差しで虚空を見つめる。

どうやら、自分の店と繋げられるかどうかを確認しているらしい。司は亜門が何をしているのか分からないようで、不思議そうにその背中を見つめていた。

そして、壁に手をかざす亜門を、売り場にいた書店員がそれ以上に怪訝《けげん》そうな顔で、見つめている。

「つ、司さん……！」

ヨモギは司の服を摑《つか》んで引き寄せ、亜門の姿を人目から隠そうとする。

司は素直に従うが、いかんせん、亜門は長身だった。細身で中背の司では、全く隠せない。

「ひー！　司さん、僕を肩車してください！」

「ええっ⁉　そういうお年頃なの？　善処するけど、非力な僕に出来るかな……」

司は覚悟を決めた顔でヨモギと向き合うが、次の瞬間、ヨモギの身体《からだ》はひょいと持ち上げられた。

「高いところの本をお探しですかな？　この亜門、ヨモギ君のお好きなところに連れて行って差し上げましょう」

亜門が肩車をしてくれたのだ。ヨモギの視線が急に高くなり、天井に頭をぶつけそうになる。

「ち、違いますから！　亜門さんを隠そうとしたんですよ！」

「なんと！　これは失礼を……！」

隠したい本人に担がれて、更に目立たせてしまうという失態を犯してしまったが、幸い、こちらに注目していた書店員はほっこりした顔をして、持ち場に戻って行った。

「親子連れだと思われたのかな。何にせよ、お陰で助かった……」

ヨモギは床に下ろされつつ、胸をなでおろす。

「それで、どうでした？　さっきは霊道みたいなのを探ってたんですよね？」

ヨモギは亜門に尋ねる。司が、「霊⁉」と縮み上がりながらキョロキョロするが、それはおいておくことにした。

「そうですな。常世の者だけが使える道と上手《うま》く繋げられそうならば、扉を移設出来るかと思ったのですが――」

「その様子だと、見つからなかったみたいですね……」

「ええ、残念ながら。売り場の面積が少ないので、その分、通っている道も少ないようですな」

「うーん、それは残念……」

ヨモギと亜門はがっくりと項垂れる。

「そうなると、ここより小さいお店は難しそうですね」

「ええ。それに、あまりにもお店の規模が小さいと、私が出入りしていることを悟られてしまうので……」

「なんか、それはこう、難しい問題ですね……」

いっそのこと、お店の公認の存在になればいいのにと思うヨモギであったが、亜門の店は特殊過ぎて受け入れられ難いだろう。世の中の人間すべてが、三谷や司のように寛容ではないのだ。

「一体どうしたらよいものか……。蔵書にアクセス出来ないのも由々しき事態ですが、あの店は、お客様と本の出会いの場でもあるのです」

亜門は、顔を覆って嘆く。

「お客さんと本の、出会いの場……。たしかに、神保町は本を求めてやって来るお客さんと多く出会える場所ですもんね」

亜門は商売に興味がなくても、本と人の縁を大事にしている。その読書家ならではのこだわりに、ヨモギは感銘を受けた。

だが、ヨモギに出来ることは少ない。せいぜい、亜門とともに扉を繋げられそうな場所を探すくらいか。

「新刊書店以外でも、探してみますか？　本屋さんが入っているビルならば、もしかしたら繋げられるかも」

「そうですな。しかし、そういったビルは神保町に数えきれないほどありますし、ヨモギ君のお手を煩わせてしまいます」

心配そうな亜門に、ヨモギはぐっと小さな力こぶを作ってみせた。

「大丈夫です。同業者が困っているのを見過ごす方がしんどいので！」

「ヨモギ君……」

亜門は目頭が熱くなったのか、目元を拭《ぬぐ》う。

それを見ていた司もまた、貰い泣きしそうになっていたが、「おっと……」と何かを感じて上着のポケットを探った。

通知が来たらしく、司は携帯端末を取り出す。すると、三谷からのメッセージが入っていた。

「亜門、三谷が店に来たいみたいです。『もしかして、外出中？』っていうメッセージが来てるので、あの場所にいるのかと……」

「それはいけません。早急に戻りましょう！」

亜門は颯爽と売り場を後にし、レジに向かう。その途中で、何冊か本をかごに追加するのを忘れなかった。


「いやー。まさか、ヨモギも一緒とはね」

ヨモギ達が戻ると、新刊書店の四階で三谷が待っていた。彼はシフトが終わったのか、私服姿だった。

亜門の店は、店主である亜門がいないと扉が出現しないらしい。亜門の店に寄るつもりが、壁が出迎えたので、三谷は司に出かけているのかとメッセージを送ったそうだ。

「わざわざ戻ってきて貰ってすいません。外出中なら、日を改めて来るつもりだったんで……」

三谷は恐縮しながら亜門の店に入り、席について亜門から珈琲を受け取る。

「お気になさらずに。三谷君ともお話をしたいと思っていたところですしな」

亜門は穏やかに微笑んだ。

「で、みんなで何してたんだ？　ヨモギを誘って神保町巡り？」

三谷は司に問う。司は、亜門とヨモギとともに曖昧《あいまい》に微笑んだ。

「実は、移転先を探さなくちゃいけないと思って」

「移転先って、この店の？」

「うん。建物が無くなったら、繋がりが消えちゃうし……」

今のところ、四階の奥の壁に扉を出せているが、そもそも、四階の奥の壁が物理的に無くなったら扉が出せなくなる。

そんな理由をつけ足しつつ、今までの経緯を説明した。

その話を聞いた三谷は、「あー」とか「うーん」とか言いながら眉間を揉《も》んでいた。

「概念が近いと移転出来る可能性があるけど、道が通っていないと難しい、か……」

「親和性が高ければ高いほど、道が繋がりやすくなっております。有楽町などの同じグループであれば、どこでも問題はないと思うのですが……」

「でも、亜門さん的には問題があるんですよね。周辺に古書店が少ないっていう……」

「そうですな。私はもう、神保町以外では生きられないのかもしれません……」

亜門は神妙な面持ちでそう言った。

「うーん、まだ仮の話なんですけど」

三谷は考え込むように腕を組みつつ、そう切り出した。

「一応、改装中は仮店舗を設けるみたいなんですよね。そこなら、概念的にはほぼ同じだし、亜門さんも簡単に移設出来るんじゃないですか？」

「仮……店舗……⁉」

ヨモギ達は揃《そろ》って目を丸くした。

「そ、そっか……。三、四年もお店をなくしちゃうわけにはいかないですしね……！」

「一応、ここが本丸だしさ。改装している間、本丸がないってわけにもいかないんじゃないか？」

確かに、とヨモギ達は納得する。

「亜門、どうです？　同じお店なら、場所が多少違っても大丈夫なのでは⁉」

司は嬉々《きき》として亜門に尋ねる。亜門もまた、虚を衝《つ》かれた表情のまま頷いた。

「え、ええ。概念的に同じならば、ほとんど労力と条件を必要とせずに移転出来るかと」

「規模はここよりもずっと狭いと思いますけど、亜門さんはうちの常連さんなんで、毎日のように顔を出しても問題ないですよ」

既に、ビルの何処かに住んでいるのでは、という噂《うわさ》も立っているという。

「噂っていうか、もはや真実が知れ渡っているだけでは……」

司は顔を引きつらせてしまう。

三谷の話を聞いて、ヨモギは胸をなでおろす。

亜門はちゃんと、スタッフ達に受け入れられているのだ。それは真実の形ではないかもしれないけど、限りなく真実に近い形で。

もし、彼の正体が暴かれたとしても、この店の人々ならば意外と受け入れてくれるかもしれない。

「良かったですね、亜門さん」

ヨモギが笑顔を向けると、亜門もまたふわりと微笑んだ。

「ええ。ご協力頂きまして、有り難う御座います」

「いえ、僕は何も出来てないですし……」

「いいえ。あなたのそのお気持ちが嬉しかったのです」

そう言われてしまっては、感謝の気持ちを受け入れる他ない。ヨモギは照れくささのあまり頭を掻《か》きつつ、「それは、どうも……」と返した。

「仮店舗の話、もっと具体的になったら教えますよ」

三谷の申し出に、「それは助かりますな」と亜門は深々と頭を下げる。

「それにしても、改装後のビルはどうなるんだろう……。レトロな雰囲気を踏襲するのか、それとも、近未来的になるのか……」

司は改装後の新刊書店に思いをはせる。

「俺は漏水しなきゃなんでもいいよ。あと、バックヤードの環境が良くなるといいな。今は、冬は無茶苦茶寒くて、夏は猛烈に暑いんだ」

「それは切実な問題だな……」

司は同情の眼差しを送る。

「私は、棚数を増やして頂けると有り難いですな。より多くの本と出会いたいので」

「はは、亜門らしいですね。確かに」

司は亜門に同意しつつ、ヨモギに視線をやる。

「ヨモギ君は、どんなお店になって欲しい？」

「僕は、うーん……」

ヨモギは腕を組んで考え込む。

「伝統を残しつつも最先端且《か》つ、稲荷書店がアイディアを盗めそうなお店になって欲しい……ですかね」

「おお……。具体的で難易度が高くて野心的……」

商売のことになると、ついぎらついてしまうヨモギに気圧《けお》されつつ、司は感心した。

世の中では娯楽が多様化し、読書が選ばれる機会が少なくなっていると叫ばれているが、書店はそんな時代の荒波に揉まれながらも、切磋《せっさ》琢磨《たくま》してお互いに高め合っていければいいな、とヨモギは思った。

今日巡った新刊書店のように個性を活かしながら、この先も人々と本を繋ぐ場所を作り続けたい。

ヨモギはそんな決意を胸に、亜門が淹れてくれた温かい珈琲を口にしたのであった。

あとがき

私が書店員を始めたのが、約九年前という事実に驚きました。あの頃《ころ》はこの本が売れていたとか、ああいうジャンルが人気だったとか、今でも鮮明に思い浮かぶのですが、年月が経《た》つのは早いものです。

その頃に比べて、出版業界も大きく変化しました。

今やすっかり定着した電子書籍は、当時、黒船のように恐れられていました。皆が電子で買い始めたら、紙の本は売れなくなってしまうのではないかと思われていましたが、実際は、本棚が限界で本が買えない人（私のことです）の助けになっていたり、電子書籍で気軽に読んだのをきっかけに紙本を買い始めて下さる人がいたり、紙本が品切れになっても電子書籍で読むことが出来たりと、紙本のフォローを電子書籍がしてくれるという場面に出会うことが多々ありました。

一方、本屋さんは減少傾向にあり、近年はそれに拍車がかかってしまったように思えます。

近所の本屋さんが無くなると、気軽に本に触れることが出来なくなってしまいます。そんな地域に住んでいるためか、本屋さんの存在を知らない子どももいるそうです。

今の時代、魅力的な娯楽は沢山あるので、娯楽として読書を選択する人は少なくなってしまったのかもしれません。

しかし、読書は娯楽という側面の他に、読解力や想像力を養い、時には教養の一環となるという面もあります。娯楽感覚で多くの力を養える読書という文化が衰退してしまうのは、とても勿体《もったい》ないと感じています。

そんな本と出会える場所が一軒でも多く、一日でも長く残るようにという願いを込めたのが、『稲荷《いなり》書店きつね堂』シリーズでもありました。

ファンタジー小説なので、奇跡の力で本屋さんを繁盛させることも可能でしたが、私は敢《あ》えてそれをせず、出来る限り、ヨモギに人間でも可能な努力をさせて、稲荷書店を再興させました。現実の人間の力でも、本屋さんが元気になるという希望を込めたかったのです。

私が書店員でなくなってから、もう四年以上経ってしまいました。

あの頃とは現場の様子も変わりましたし、書店勤務の経験を直接活《い》かした物語を書くのは、このシリーズが最後になりそうです。

ですが、本屋さんの物語は紡ぎ続けようと思いますので、またいつか、新しい本屋さんの物語を生み出した時には、ご来店頂けますと幸いです。

蒼月　海里

Haruki Bunko
ハルキ文庫

あ 26-14

稲荷《いなり》書《しょ》店《てん》きつね堂《どう》【番外編《ばんがいへん》】アヤカシと賢者《けんじゃ》の宴《うたげ》

著者 蒼月《あおつき》海里《かいり》

2022年 3月18日第一刷発行

発行者 角川春樹

発行所 株式会社角川春樹事務所
〒102-0074 東京都千代田区九段南2-1-30 イタリア文化会館

電話 03(3263)5247(編集)
03(3263)5881(営業)

印刷・製本 中央精版印刷株式会社

フォーマット・デザイン 芦澤泰偉
表紙イラストレーション 門坂 流

ISBN978-4-7584-4464-4 C0193 ©2022 Aotsuki Kairi Printed in Japan
http://www.kadokawaharuki.co.jp/[営業]
fanmail@kadokawaharuki.co.jp[編集] ご意見・ご感想をお寄せください。